Joseph Bourlot

Histoire de l'homme antédiluvien

Ages du Mammouth de l'Ours des cavernes et du Renne

Anatiposi

Joseph Bourlot

Histoire de l'homme antédiluvien

Ages du Mammouth de l'Ours des cavernes et du Renne

Réimpression inchangée de l'édition originale de 1868.

1ère édition 2023 | ISBN: 978-3-38220-554-6

Anatiposi Verlag est une marque de Outlook Verlagsgesellschaft mbH.

Verlag (Éditeur): Outlook Verlag GmbH, Zeilweg 44, 60439 Frankfurt, Deutschland
Vertretungsberechtigt (Représentant autorisé): E. Roepke, Zeilweg 44, 60439 Frankfurt, Deutschland
Druck (Imprimerie): Books on Demand GmbH, In de Tarpen 42, 22848 Norderstedt, Deutschland

HISTOIRE
DE L'HOMME
ANTÉDILUVIEN

Ages du Mammouth, de l'Ours des cavernes et du Renne

PAR

J. ^{Joseph} BOURLOT

Professeur de mathématiques au Lycée impérial de Colmar, membre de la Société d'histoire naturelle de Colmar, de la Société d'agriculture, sciences, arts et commerce de la Haute-Saône, du Comice agricole de Lille (Nord), de l'Académie nationale de Paris, de l'Association scientifique de France, de la Société d'émulation des Vosges, etc.

PARIS
Chez M. LEIBER, libraire-éditeur
RUE DE SEINE-SAINT-GERMAIN, 13.

1868.

φ п 766

DE
L'HOMME ANTÉDILUVIEN

PAR

M. BOURLOT

Professeur de mathématiques au Lycée impérial de Colmar,
Membre de la Société d'histoire naturelle.

Préliminaires sur l'homme préhistorique en général.

Il n'y a pas bien longtemps, un demi-siècle à peine, l'opinion la seule accréditée voulait que la race humaine eût une origine relativement récente et n'admettait pas l'existence de l'homme antéhistorique. Mais dans ces derniers temps, des découvertes heureuses ayant stimulé le zèle des explorateurs ont amené à faire d'autres découvertes multipliées. Des faits très-nombreux ont été recueillis, ordonnés, discutés. Aujourd'hui, en présence de ces faits, il n'est plus possible de se refuser d'admettre que l'homme existait depuis longtemps sur la terre, lorsque sont survenus les événements qui ont donné à notre globe son relief actuel.

Tout le monde sent et comprend l'intérêt qui s'attache à la question de savoir ce qu'ont été nos premiers ancêtres. De là cette espèce de fièvre de recherches qui s'est emparée de beaucoup d'observateurs et particulièrement de géologues qui s'étaient occupés déjà d'anthropologie ancienne. De là aussi, les organisateurs de la magnifique exposition qui attirait naguère à Paris des admirateurs venus de toutes les parties du monde, ont-ils voulu une place aux matériaux qui peuvent servir à constituer l'histoire rationnelle de l'homme. C'est pour cela que, sous le nom de galeries de l'*histoire du travail*, un emplacement assez vaste avait été ménagé, où l'on pouvait suivre le développement progressif de l'industrie humaine, depuis les grossiers essais de l'homme antédiluvien, jusqu'aux merveilles de l'art moderne.

Les matériaux rassemblés à l'Exposition de 1867 étaient très-nombreux et très-variés ; mais, dans leur ensemble, ils ne sont qu'une fraction assez petite de tous ceux que possède la science. Néanmoins on n'est pas encore en mesure d'établir l'histoire suivie de l'homme préhistorique. On n'a pu en composer que des chapitres ou des portions de chapitres, entre lesquels manquent les liens que fourniront peut-être les recherches de l'avenir. Nous nous proposons ici d'esquisser à grands traits la portion déjà traitée de l'histoire de l'humanité pour les temps antérieurs aux traditions. Aussi, vu le nombre des matériaux, et pour que l'esquisse ne dépasse pas les limites que nous nous sommes posées, nous sommes dans la nécessité de faire un choix parmi les faits recueillis et étudiés. Nous nous efforcerons toutefois de rendre le résumé suffisant à faire connaître le point où en est aujourd'hui la question.

Tout d'abord nous ne dissimulerons pas que l'opinion qui admet l'existence de l'homme antédiluvien, rencontre encore des contradicteurs. Mais quelle est la découverte scientifique, quelle est la vérité nouvelle qui a pu se faire admettre, sans avoir dû lutter contre les préjugés qu'elle contrariait ? Toujours des raisonnements *à priori*, des raisonnements partant d'opinions préconçues ont essayé d'attaquer l'argumentation des faits. Et quelquefois les contradicteurs *quand même* se sont distingués par une singularité d'invention dont nous voulons citer un exemple, emprunté à M. Vogt dans ses leçons sur l'homme.

Un de ses anciens professeurs de Giessen, que M. Vogt appelle le vieux Wilbrand, n'a jamais voulu admettre la circulation du sang : jusqu'à l'article de la mort il a protesté contre cette doctrine. Lorsqu'un candidat arrivait à lui pour être examiné, « quel est, demandait le professeur, quel est, de l'œil corporel et de l'œil spirituel, celui qui est supérieur à l'autre ? » Le candidat répondait-il : « l'œil corporel, » il était impitoyablement ajourné. Aussi, instruits bientôt par l'expérience des prédécesseurs maladroits, les candidats avaient fini par répondre invariablement : « l'œil spirituel, Monsieur le professeur, est supérieur à l'œil corporel. — Très-bien, reprenait M. Wilbrand. Quelques-uns, avec leur œil corporel aidé d'un microscope, *voient* le sang circuler dans les artères et dans les veines. Or, mon œil spirituel me *fait voir* qu'il est impossible que le sang circule. Donc j'ai raison, et les partisans de la circulation du sang ont tort. »

Mais quelle que soit *la force* des raisonnements que l'on oppose à l'argumentation des faits, la logique de ceux-ci finit toujours par triompher. Il en sera ainsi, nous n'en doutons pas, pour la question encore un peu controversée de l'existence de l'homme antédiluvien, et, sous peu, tous admettront cette existence comme une réalité bien établie.

Toutefois, nous croyons devoir aller au-devant d'un scrupule, d'une fin de non-recevoir, qui pourrait résulter d'inspirations puisées dans la lecture des livres religieux. Ces livres, en effet, la Bible particulièrement, semblent attribuer à l'homme une origine beaucoup moins ancienne que celle qui lui est assignée par les découvertes modernes. Mais ici, comme dans beaucoup d'autres cas analogues, la contradiction est exclusivement le fait de ceux qui, à toute force et bien à tort, veulent considérer les livres sacrés comme des codes scientifiques. Le Législateur inspiré se proposait-il de dire le dernier mot de chaque science, de ne laisser rien à faire aux investigations humaines ? Non, évidemment. Son but était le dogme en matière religieuse, la moralisation et le bien-être du peuple pour lequel il écrivait. Tout ce qui intéresse ce triple objet, on peut le chercher dans la Bible et on l'y trouvera. Lorsque, dans son langage imagé et fleuri, le livre sacré fait des allusions à des points de la science, on ne doit pas perdre de vue que ces allusions, pour être intelligibles de ceux à qui elles s'adressaient, ne pouvaient, ne devaient qu'être en harmonie avec les croyances scientifiques de l'époque. Aussi, par ces allusions, par leur nature, on peut être renseigné sur ce qu'était alors l'état de la science, on peut être renseigné sur ce qui était alors considéré comme l'expression des lois qui régissent le monde. Mais, répétons-le, on aurait tort d'y voir des articles de foi scientifiques. C'est ce tort qu'ont eu et qu'ont encore quelques-uns ; c'est ce tort qui a valu à Galilée, à l'occasion de la découverte de la rotation de la terre, toutes ces persécutions dont chacun, de nos jours, reconnaît et déplore l'injustice.

Si l'on croit apercevoir un désaccord entre la science et la révélation, on peut se dire que ce désaccord est dû à une interprétation vicieuse des textes, à une fausse appréciation du sens des mots. Nous pourrions citer plusieurs exemples où des erreurs palpables seraient la conséquence de ce qu'on attribuerait aux mots bibliques leur sens littéral et usuel d'aujourd'hui. Nous nous bornerons à un seul de ces exemples. Il est écrit dans la Genèse : le premier jour Dieu créa la lumière. Or, peut-on attribuer à ce mot *jour* le sens que nous lui donnons aujourd'hui et que pendant longtemps on a persisté à vouloir lui donner ? Chacun sait que nous appelons jour la durée de la rotation de la terre autour de son axe. Eh bien, d'après la Genèse, lorsque Dieu a dit *fiat lux*, que la lumière soit, la terre n'était pas encore créée.

Ce que nous venons de dire du mot *jour*, peut être appliqué tout aussi bien aux autres divisions du temps employées dans la Bible. Sommes-nous bien en mesure de comparer ce que nous appelons aujourd'hui année, par exemple, aux durées ou aux époques dont il est question dans le livre sacré ? Oserait-on dès lors affirmer *certainement* que la date de la création du premier homme, décrite par la Genèse, remonte à moins de six mille de nos années ? Oser une telle affirmation, ce serait vouloir l'existence de l'homme *préadamique* ; car, disons-le, il y a certainement plus de soixante siècles que l'homme a fait son apparition même dans nos contrées. Mais tout désaccord sur ce point cessera d'exister, si l'on veut avouer que, depuis la création d'Adam jusqu'à nos jours, il s'est écoulé une période de temps, une durée dont la valeur a été appréciée bien au-dessous de sa valeur réelle. Dès lors la révélation ne sera contredite en rien par les découvertes modernes : celles-ci ne feront que signaler les époques géologiques où sont apparues sur les divers continents les races humaines qui seraient la descendance du premier homme de la tradition.

Mais c'en est assez sur cette espèce de digression. Il nous faut préciser ce qu'on entend *actuellement* par ces termes : époques antédiluviennes, époques postdiluviennes, qu'on emploie encore, mais dans un sens si différent de leur sens originel et si peu en harmonie avec les idées admises sur l'histoire de la terre, qu'il serait logique de les remplacer par d'autres. Quoi qu'il en soit, pour la définition dont il s'agit, il suffira de rappeler sommairement les bases de la chronologie géogénique.

Après que, par suite du refroidissement dans l'espace, une pellicule solide a emprisonné la masse bouillonnante qui a été la terre, des terrains aqueux et atmosphériques se sont successivement déposés et superposés sur cette espèce de plancher cristallin. Ce sont d'abord les terrains dits *de transition*, qu'on peut appeler *terrains primaires*, où se sont rassemblées et lentement carbonisées les matières végétales qui ont fait la houille. Ce sont ensuite les terrains secondaires où l'on distingue les trois étages péuéens, les trois étages triasiques, les quatre étages jurassiques, les trois étages crétacés ou crayeux. Après, toujours par ordre de dates et de superposition, sont venus les terrains dits tertiaires, dont les étages appelés *éocène, miocène, pliocène*, par M. Lyell et les géologues anglais, sont nommés par nous, étage *parisien*, étage des *molasses*, étage *falunien*. Au-dessus de ces derniers se sont déposés les terrains quaternaires qui closent la liste des terrains antédiluviens : ils comprennent l'étage dit *subapennin*, avec ses *blocs erratiques*, puis des assises nombreuses de dépôts cailHouteux, alternant avec des lits d'argiles diverses, dont l'ensemble s'appelle *lehm* en Alsace et *lœss* de l'autre côté

observées sur des ossements d'éléphant méridional trouvés, en
1863, dans les sablonnières de Saint-Priest (Eure-et-Loir).
Or, cette espèce, depuis longtemps éteinte, n'a pas même sur-
vécu à la crise qui a terminé la durée des formations tertiaires.
Dans un sable fin et blanc on a trouvé, avec les restes d'un grand
rongeur, des débris de l'*elephas meridionalis*, du *rhinoceros
leptorhinus*. de l'*hippopotamus major*, espèces du terrain de la
vallée de l'Arno (environs d'Asti) et du Crag de Norwig, couches
tertiaires supérieures. Si donc on pouvait constater la présence
de l'homme dans ces couches, le berceau de l'humanité se pla-
cerait à une époque qui précède l'époque quaternaire. Or,
M. Desnoyers a observé sur presque tous les os trouvés des
traces d'entailles qui consistaient en raies transversales, droites
ou courbes. Il a même constaté sur un fragment de crâne
d'éléphant un trou triangulaire avec des entailles latérales,
c'est-à-dire (?), un ensemble indiquant une perforation faite
par la pointe et les barbes d'une flèche en os ou en silex. Il a
reconnu que les crânes des grandes espèces de cerfs paraissent
tous avoir reçu un coup violent sur le frontal, à la naissance des
cornes, dont les pivots portent des entailles transversales et
verticales, comme si elles avaient été faites pour détacher la
peau. Puis, les bois de cerfs étaient brisés en morceaux, comme
si on avait voulu en faire des manches. Enfin, quelques os
étaient fendus dans leur longueur, comme on l'aurait fait, si l'on
eût voulu en extraire la moelle, particularité qui se retrouve
dans des os trouvés, qui sont apparemment des débris de repas
humains des autres âges. Au surplus, des sommités, parmi les
observateurs, ont pu examiner les faits avancés par M. Desnoyers
et en ont confirmé l'exactitude. Puis encore, on a trouvé dans
le pliocène (ou le tertiaire supérieur) un crâne de cerf qui avait
été percé d'un trou circulaire, pendant que l'animal vivait
encore. Quelques-uns ont vu dans cette perforation, qui est
d'ailleurs d'une netteté remarquable, le résultat d'une blessure
faite par l'homme.

Mais, dit M. Lyell, les entailles faites sur les os de l'*elephas
meridionalis* pourraient bien être le fait d'un grand rongeur

dont la mâchoire a été trouvée à côté de ces ossements. Mais, dit M. Le Hon, le trou dans le crâne de cerf peut être le résultat d'une blessure faite par un autre cerf dans un combat entre les deux animaux; et, ajouterons-nous, cette perforation peut avoir été produite par une chute faite d'un lieu élevé. Quant aux observations de M. Garrigou, elles portent sur un trop petit nombre de faits pour être suffisamment concluantes.

Une autre observation qui semble militer en faveur de l'admission de l'homme tertiaire, c'est la découverte de M. Bourgeois aux environs de Chartres, et dont il est rendu compte par l'Académie des sciences dans sa publication du 7 janvier 1867. M. Bourgeois aurait recueilli à tous les niveaux du sol où il a fouillé, des types grossiers en silex de l'industrie primitive. Il n'a pas rencontré, il est vrai, la forme classique de Saint-Acheul et d'Abbeville; mais il a recueilli abondamment des pointes de lances, des pointes de flèches, des haches, des marteaux, des poinçons, des grattoirs pour les peaux, etc.; et même l'un de ces instruments paraît avoir subi l'action du feu. Toutefois, M. Bourgeois hésite à se prononcer sur l'âge du dépôt qu'il a exploré : il semble croire *un peu* que ce dépôt appartient au terrain tertiaire; mais il paraît qu'il ne serait ni surpris ni chagriné qu'on rangeât le terrain dans le quaternaire inférieur. Cependant la faune de ces dépôts, d'après M. Lartet, comprend l'*elephas meridionalis*, le *rhinoceros etruscus* (Falconer), l'*hippopotamus major*?, l'*equus arnensis*, le *cervus carnutorum* (espèce d'élan), un *bos* à formes élancées, le *trogontherium cuvieri*. Ainsi, d'après ce que nous savons de l'*elephas meridionalis*, le dépôt appartiendrait à l'âge tertiaire des géologues.

En résumé, s'il est réellement prématuré d'admettre que le berceau de l'homme se trouve dans des assises antérieures à celles de l'âge quaternaire, nous voyons dans les faits observés un motif rationnel d'ajourner l'opinion définitive qui ne ferait pas remonter plus haut que cet âge l'apparition de l'homme sur la surface de la terre.

Mais que l'homme ait vécu dans les temps quaternaires; qu'il ait été le contemporain des espèces animales aujourd'hui éteintes, qu'on appelle Mammouth, ours des cavernes; qu'il ait existé à l'époque très-ancienne où le renne, le *cerrus tarandus* des naturalistes, trouvait jusque dans le midi de la France les conditions de sa vie, ceci ne peut faire l'objet d'un doute. Sans chercher quelque chose de déterminé à l'avance, par exemple l'*homme simien*, ainsi que le leur reproche une lettre fameuse, les géologues ont trouvé dans les assises des terrains quaternaires des milliers de preuves de la réalité de l'homme antédiluvien. Ils ont signalé et continuent de signaler à mesure de leurs découvertes, les résultats de leurs recherches patientes, sans se préoccuper de ce que les conséquences qu'on en tire, peuvent contrarier des idées dont on a pris l'habitude. Ainsi doit-on faire, puisque d'ailleurs chacun est admis à prendre part à la discussion d'où la lumière doit jaillir.

Division de l'histoire de l'homme antéhistorique.

C'est à l'époque géologique où prédominait le Mammouth, cet ancêtre de nos éléphants, que doit commencer, quant à présent, l'histoire authentique de l'homme antédiluvien. Or, cette époque de la prédominance de l'*elephas primigenius* correspond à la formation des premiers dépôts quaternaires. Ainsi, *géologiquement*, l'histoire de l'homme quaternaire se divise en trois parties : l'âge de la prédominance du Mammouth qui correspond aux premières formations quaternaires ; l'âge de l'ours des cavernes qui correspond aux formations quaternaires moyennes ; l'âge du renne qui coïncide avec celui des formations quaternaires supérieures. Mais, ces trois âges ne constituent pas toute l'histoire de l'homme antéhistorique ; car les temps postdiluviens n'appartiennent pas, dès leur début, à l'histoire proprement dite.

La crise qui a mis fin à la fois à la période quaternaire et aux temps antédiluviens, a donné à l'Europe la configuration générale que nous lui connaissons. Dès lors ont commencé les temps postdiluviens ; alors a commencé la période géologique actuelle, dont les formations se continuent sous nos yeux, soit dans l'atmosphère, soit au fond des eaux douces ou salées. Dès l'origine de ces temps, nos continents ont été plus ou moins peuplés, pendant bien des siècles, par des races humaines antérieures à toutes les traditions. Aussi n'avons-nous sur les premières de ces races postdiluviennes que des documents analogues à ceux qui nous ont renseignés sur l'homme primordial : ce sont des ossements fossiles, des objets fabriqués. Et, tels sont les seuls documents qu'on a eus pour constituer les chapitres déjà faits de l'histoire de chacun des trois âges dans lesquels les anthropologistes ont dû partager la période postdiluvienne préhistorique. C'est d'abord l'âge de la pierre polie où, comme dans l'époque quaternaire, l'homme, ne connaissant pas de métal, employait encore la pierre pour s'en fabriquer des outils, des ustensiles ou des armes ; seulement il travaillait ses instruments avec beaucoup plus de soin, et même il les polissait par le frottement. C'est ensuite l'âge du bronze, d'un bronze tout particulier, découvert on ne sait où ni comment, qui a été substitué à la pierre, le plus souvent avec bonheur, parce qu'il se prête mieux aux fantaisies artistiques. C'est enfin le premier âge du fer, âge qui s'est continué et se continue par celui auquel nous appartenons, par l'âge historique proprement dit.

En résumé, l'histoire de l'homme antéhistorique se divise naturellement en deux parties : l'histoire de l'homme antédiluvien et l'histoire de l'homme postdiluvien préhistorique. Nous avons dit les sous-divisions de chaque partie. Toutefois, nous réunirons en un seul chapitre les deux premières époques de la première partie, parce que, au point de vue anthropologique, l'âge du mammouth et celui de l'ours des cavernes n'offrent pas des différences bien tranchées. Puis nous nous bornerons pour cette année à l'histoire de l'homme antédiluvien.

HISTOIRE DE L'HOMME ANTÉDILUVIEN.

L'âge du Mammouth et l'âge de l'ours des cavernes.

L'homme des premiers temps quaternaires et celui qui lui a succédé, contemporains respectivement du mammouth et de l'ours des cavernes, se distinguent parfaitement du singe par beaucoup de caractères ostéologiques. Cependant, il faut bien l'avouer, l'homme primordial était un être que ses instincts, ses habitudes, ses besoins, ses passions devaient rapprocher au moins autant des animaux irraisonnables que de l'homme d'aujourd'hui. Ceci résulte comme conséquence, nous le croyons du moins, de ce qu'on sait de sa conformation et de son histoire. On va en juger.

D'abord, dans les pièces osseuses trouvées de leurs squelettes, l'anatomie comparée a pu voir que nos premiers ancêtres étaient de petite taille. La conformation du crâne, — franchement *dolichocéphale* ou allongé d'avant en arrière et aplati sur les côtés, — la capacité cérébrale, — moyenne entre celle du Chimpanzé et celle de l'Européen actuel, — le front déprimé et fuyant, le prognathisme accentué, — ou cette disposition de la partie inférieure de la face qui rappelle le museau, — tous ces caractères constituent par leur ensemble une physionomie où l'on voit clairement que nos premiers ancêtres possédaient une intelligence à peine médiocre. La forte proéminence des arcades sourcilières, qui leur faisait les yeux très-profondément enfoncés, semble accuser que, vivant dans l'obscurité des cavernes naturelles qui en effet faisaient les frais de leurs habitations, les hommes d'alors étaient constamment anxieux et aux aguets, qu'ils étaient constamment en observation soit pour chercher à distinguer une proie, soit pour chercher à reconnaître un ennemi. La conformation du système dentaire dit aussi que nos premiers ancêtres dévoraient crûs leurs aliments, fruits, racines

les
ts,
ge.
ies
ce

re
rie
re
res
les
ies
ar-
que
ins
es.
uvé
bri-
âge

de
les
ner
erne
Un
un
me,
vrier
gros-
Alors
angés
t. De
de là
re tous
visitait
Malheu-

ou chairs. Cependant des restes trouvés de foyers très-anciens nous apprennent qu'ils n'ont pas beaucoup tardé à connaître le feu et à s'en servir pour attendrir par la cuisson les aliments dont ils se nourrissaient.

Quant au genre d'alimentation, les reliefs trouvés de nombreux repas de ces époques nous apprennent que les premiers hommes se nourrissaient des fruits et des racines des divers végétaux, mais plus encore des chairs d'un grand nombre d'animaux. Une particularité à noter, c'est que l'homme d'alors était très-friand de cervelle et de moelle. Ceci est clairement indiqué par l'état des os. En effet, on trouve intacts tous les os sans moelle, tandis que tous les os longs ou à moelle, présentent des cassures évidemment intentionnelles ; puis tous les crânes sont fracturés et ouverts. — N'est-il pas remarquable que ce goût si prononcé pour la cervelle et la moelle se retrouve aujourd'hui, à peu près au même degré, chez les Samoïèdes et les Lapons, c'est-à-dire, chez les peuples dont les types s'éloignent le moins de ceux de nos ancêtres antédiluviens ?

Mais l'homme d'alors a-t-il été anthropophage ? Il ne paraît pas que l'affreuse coutume de l'anthropophagie ait été générale ; mais on est presque forcé d'admettre qu'elle existait au moins chez quelques peuplades. Le savant anglais, M. Owen, prétend avoir vu des traces de dents humaines sur des ossements d'enfants, qui se trouvaient d'ailleurs mêlés à des pointes de flèches en silex. Puis, M. Spring, devant l'Académie royale de Belgique, rend compte, ainsi que nous allons le dire, de la découverte faite à Chauvaux des restes d'un repas de ces époques. — Dans la brèche à ossements, dit M. Spring, se trouvaient abondamment du charbon végétal, des cendres, de l'argile cuite, des os carbonisés, des os non carbonisés. Parmi les os non carbonisés, les os longs à moelle étaient fendus et brisés, les autres étaient entiers. Il y avait des os de bœufs, de moutons, de sangliers, de cerfs, de rennes et d'autres animaux ; mais un très-grand nombre provenaient de squelettes humains et étaient traités de la même manière que les autres. On trouva même un pariétal humain dans lequel restait enchâssée la hache en silex qui avait fracturé

la tête. Or tous les os humains, qui paraissaient être des *restes
de repas*, appartenaient à des jeunes femmes, à des adolescents,
à des enfants. Pas un ne provenait d'un individu avancé en âge.
Ainsi, dit M. Spring, c'étaient de vrais cannibales, et même des
cannibales raffinés, qui choisissaient pour leurs affreux festins ce
qu'il y avait de mieux et de plus tendre.

On ne saurait s'attendre, après ce qui précède, à apprendre
qu'on a trouvé, de ces époques, des échantillons d'une industrie
bien avancée. Et en effet rien de plus primitif que le caractère
des spécimens des objets fabriqués alors. A part quelques rares
ustensiles servant à des usages domestiques, ce ne sont que des
armes grossières taillées dans des silex : des haches, des pointes
de lances, des pointes de flèches et de javelots, quelques marteaux-massues. C'est de ces armes grossièrement fabriquées que
l'homme d'alors se servait, soit pour faire sa proie de certains
animaux, soit pour se défendre d'être la proie des plus féroces.
Quant à des poteries, il n'est pas authentique qu'on en ait trouvé
des débris remontant à ces premières époques : l'idée de fabriquer des vases en terre cuite paraît n'être venue que dans l'âge
suivant.

Quelques découvertes ont mis sur la voie même du genre de
sépulture usitée chez les hommes primordiaux, ce sont les
découvertes des cavernes dites *à sépulture*. Citons, pour donner
un exemple des demeures des morts antédiluviens, la caverne
d'Aurignac, dans le département de la Haute-Garonne. — Un
ouvrier, nommé Bonnemaison, fouillant avec son bras dans un
terrier à lapins, qu'il avait découvert sur la pente d'une colline,
en avait retiré un os humain. Rendu curieux par ce fait, l'ouvrier
se mit à déblayer. Bientôt, ayant rencontré une dalle, assez grossière d'ailleurs, posée verticalement, il enleva cette dalle. Alors
il put pénétrer dans un caveau naturel où se trouvaient rangés
des squelettes humains au nombre de dix-sept ou dix-huit. De
là, grand émoi dans sa commune où il raconta le fait; de là
aussi, un ordre municipal fit bientôt inhumer au cimetière tous
les ossements découverts. Huit ans plus tard, M. Lartet visitait
et de nouveau explorait cette grotte devenue célèbre. Malheu-

reusement le savant anthropologiste n'a pu être mis en demeure d'étudier les pièces osseuses des squelettes inhumés : le fossoyeur lui-même n'a pas su en retrouver la place. Cependant l'exploration de M. Lartet n'a pas été sans résultats pour la science. D'abord il a découvert, dans le sol qui précédait l'entrée de la grotte, les débris accumulés de nombreux repas, et ceci porte à croire que ceux qui accompagnaient les morts à leur dernière demeure, se réunissaient dans un banquet funéraire. Puis il a constaté, à l'intérieur, au voisinage du lieu où avaient été les squelettes, la présence d'ossements d'animaux, qui cependant n'offraient nul indice qu'ils fussent les restes d'un festin ; de là on serait porté à croire que l'on déposait à côté des morts des provisions pour les premiers temps de leur séjour dans l'autre vie. On voit par cet ensemble que la grotte d'Aurignac était bien une grotte funéraire. De plus, ce qui indique qu'elle se rapporte bien aux âges qui nous occupent, c'est la présence reconnue d'ossements du mammouth et de l'ours des cavernes, ce sont les caractères constatés, tout à fait primitifs, des instruments qu'on y a recueillis, c'est l'absence de tout débris de poteries. Enfin M. Lartet, après avoir pris les renseignements des témoins de la première découverte, et particulièrement de M. le docteur Amiel, maire d'Aurignac, qui avait compté les squelettes, après avoir étudié quelques pièces de squelettes humains trouvés par lui et surtout une mâchoire, conclut que l'homme alors avait une taille au-dessous de la moyenne.

Nous ne saurions faire la nomenclature de tous les lieux où des découvertes, particulièrement dans des cavernes, ont fourni les éléments des conclusions que nous avons formulées ou que nous formulerons, si la France et la Belgique marchent au premier rang dans cette voie de recherches. Chaque pays, pour ainsi dire, a apporté son contingent de données. Nous réunirons un peu plus loin un certain nombre de nos *pièces justificatives*. Mais nous croyons devoir dire ici, au moins un mot, d'un fait nouveau et d'une valeur incontestable, dont la connaissance est due à M. le docteur Faudel, de Colmar.

Il s'agit de parties d'un crâne humain trouvées dans le lehm
à Eguisheim, et qui se rapportent, nous le pensons, à l'âge de
l'ours des cavernes. C'est le premier spécimen de l'homme
antédiluvien que l'on ait trouvé jusqu'à présent dans le lehm
alsacien. Et d'abord le dépôt où la découverte a été faite est bien
le lehm ; tout le dit : 1° la position stratigraphique, — ce
terrain est superposé immédiatement à un grès certainement
tertiaire ; — 2° la composition géologique et minéralogique, —
ce sont les mêmes natures de cailloux, les mêmes natures
d'argiles, qui composent ailleurs ces sortes de terrains ; — 3° la
présence de certaines coquilles fossiles, — on y trouve entre
autres caractéristiques : l'*helix hispida,* la *pupa muscorum,*
la *succina oblonga ;* — 4° enfin, la composition chimique, — car
elle est identique à celle des autres lehms. — Ce dépôt appartient très-probablement à l'âge de l'ours des cavernes, quoique,
pas plus que dans le terrain similaire et voisin de Turckheim,
on n'y ait rencontré, que nous sachions, des débris de cette
espèce caractéristique ; mais les os découverts indiquent la
présence d'un grand cerf, d'un bison et du mammouth, contemporains de l'*ursus spelæus.*

Les pièces les plus importantes de la découverte sont celles
qui se rapportent à l'homme ; ce sont deux portions de crâne du
même individu : un *frontal* et un *pariétal droit.* Les caractères
fournis par le développement, la forme, les sutures, indiquent
un sujet adulte, d'une taille à peine moyenne. La conformation
accuse le type franchement dolichocéphale de l'homme quaternaire, dont la tête est, comme on sait, allongée d'avant en
arrière et déprimée sur le côté. On y retrouve aussi ce double
caractère de l'homme du même âge, à savoir un front déprimé
et fuyant, en même temps qu'une saillie prononcée des arcades
sourcilières. Enfin, ce qui indique que l'homme fossile d'Eguisheim a été véritablement le contemporain des animaux dont les
ossements l'accompagnaient, c'est qu'il a été constaté par les
analyses chimiques comparatives de M. Scheurer-Kestner, de
Thann, que les ossements humains ont subi identiquement les
mêmes altérations qu'ont subies les ossements des autres ani-

maux. D'ailleurs, les uns et les autres de ces ossements ont été trouvés dans des conditions tout à fait identiques. Il est inutile d'ajouter, pour qui connaît M. Faudel, qu'il s'est assuré, par tous les moyens d'observation dont on peut disposer en pareil cas, que le terrain de la découverte est un terrain *en place*, un terrain qui n'a pas été remanié.

L'âge du renne.

Nous arrivons à parler de l'homme antédiluvien de l'âge où le renne habitait nos contrées occidentales, à des latitudes bien inférieures à celles où cet animal, le *cervus tarandus* des naturalistes, trouve aujourd'hui les conditions de sa vie et de sa prospérité. Mais peut-être est-il bon, avant d'aller plus loin, de répondre à un doute qui a pu se glisser dans l'esprit de quelques-uns des lecteurs. N'est-ce pas bien hardi, aura-t-on pensé, que de se livrer à des affirmations sur l'ensemble d'un être, lorsqu'on n'a eu à examiner qu'un très-petit nombre des pièces de son squelette ? Nous osons répondre : non, ce n'est pas être trop hardi, que d'avoir confiance, même dans ce cas défavorable, aux conclusions de l'anatomie comparée. Il suffira, nous le pensons, d'une simple anecdote *scientifique*, pour faire partager à tous notre conviction.

On avait découvert, quelque part en France, une portion des ossements d'un mammouth. Georges Cuvier, à qui son génie a fait décerner le nom de Grand, même par ses contemporains, fut appelé à étudier les pièces trouvées. Il leur appliqua les principes établis par lui de l'anatomie comparée, de cette science que lui-même avait pour ainsi dire créée, dont il avait posé les bases. D'abord l'éminent anatomiste reconstitua le squelette en entier, soit en sculptant, soit en faisant sculpter les formes des pièces osseuses qui manquaient ; puis, ne voulant pas s'en tenir à ce premier résultat, il alla jusqu'à refaire et à dessiner l'animal complet, avec ses muscles, ses chairs et la peau qu'il supposait les recouvrir. Or, quelques années plus tard, on découvrait en Sibérie, sur les côtes de l'Océan Glacial, un cadavre de mammouth avec sa chair et sa peau, même garnie de son poil ; le tout était si bien conservé par le froid dans le bloc de glace qui l'avait renfermé, que des chiens ont pu manger, sans en être incommodés, de la chair de cet animal, mort depuis des milliers d'années, depuis plus de cent siècles peut-être. Hé bien, le dessin de ce cadavre du mammouth tel que l'avait fait la nature, son squelette aujourd'hui placé et conservé au musée de Saint-Pétersbourg, sont sensiblement identiques au dessin, au squelette de l'animal tel que l'a reconstitué Georges Cuvier.

L'infaillibilité n'est pas admise assurément dans la science, et Georges Cuvier *lui-même* a fourni des preuves que le savant peut se tromper ; cependant cette vérification inattendue ne dit-elle pas bien haut que les principes de l'anatomie comparée sont des guides sur lesquels la logique peut compter ? Depuis sa création par Cuvier, les continuateurs de l'œuvre ont fait faire encore de grands progrès à cette branche des connaissances humaines. On a étudié, jusque dans les infiniment petits, les relations qui existent entre l'une quelconque des pièces d'un squelette et le squelette entier ; les relations qui existent entre la charpente osseuse et les muscles, les chairs, la peau, qui donnent la forme extérieure ; les relations qui existent entre l'ensemble physique de l'animal et ses mœurs, c'est-à-dire, ses habitudes, son genre de vie. Aussi peut-on dire aujourd'hui avec quelque vérité : qu'on présente à un anatomiste exercé une pièce importante du squelette d'un animal, l'anatomiste pourra, par des déductions successives, arriver non-seulement à décrire l'être vivant *complet*, mais à faire l'histoire de son genre de vie, de ses habitudes, de ses mœurs, et à dire les conditions de milieu qui conviennent le plus à sa prospérité.

Cela étant dit sur la science à laquelle la paléontologie en général et l'anthropologie préhistorique en particulier empruntent des lumières précieuses, reprenons l'histoire de l'homme antédiluvien au point où elle a été laissée, c'est-à-dire, à l'âge dit âge du renne.

Il semblerait que, à la suite des deux premiers âges, l'immersion d'une partie des continents par l'invasion de la mer, a forcé l'homme à émigrer de nos régions, à déserter les terres où se trouvent les cavernes qui avaient servi d'habitations pendant les âges du mammouth et du grand ours. Il semblerait que des années, par milliers, se sont écoulées jusqu'à ce que ceux de notre espèce aient pu fixer de nouveau leur demeure dans les grottes naturelles de nos pays. Lorsqu'ils y sont revenus, ils ont encore trouvé le gigantesque mammouth, un massif et colossal rhinocéros et le grand tigre de l'âge précédent ; mais le *règne* de ces animaux était passé et pour eux le temps de la décadence était arrivé. Quant à l'ours et à l'hyène des cavernes, ces espèces étaient éteintes, ou au moins elles avaient complétement disparu de l'Europe occidentale et centrale. Alors sévissait dans nos régions un climat extrêmement rigoureux, ce climat glacé, laponien, sous lequel seul le renne prospère et se multiplie.

L'homme du troisième âge antédiluvien qui était établi dans nos contrées, même méridionales, y chassant et probablement y domestiquant le renne, n'avait pas une taille sensiblement supérieure à celle de ses ancêtres des premiers âges. Mais il différait cependant de ceux-ci sous bien des rapports. Appartenait-il à une autre race ? Etait-il une modification des races précédentes ? La première hypothèse paraît la plus rationnelle. Quoi qu'il en soit, on peut affirmer que ce n'est pas le type dolichocéphale, ou à tête longue, qui est dominant, mais bien le type opposé, le type brachycéphale, c'est-à-dire, à tête courte ou ronde. L'homme du renne avait d'ailleurs le visage large et carré, et on croit pouvoir présumer que ses cheveux étaient noirs, dit M. Le Hon. La proéminence et l'inclinaison en avant des dents antérieures des deux mâchoires, c'est-à-dire, le prognathisme, avait cessé d'être, au même degré, un caractère général de la race. Le cerveau, relativement plus volumineux, n'était non plus ni aussi déprimé ni aussi fuyant, et les arcades sourcilières, encore assez prononcées, ne faisaient pas cependant l'œil aussi enfoncé que chez les individus des races antérieures. Au reste l'homme d'alors ne stationnait pas que dans les cavernes, ou n'était pas exclusivement troglodyte: en effet on a trouvé de cette époque, et notamment dans le Périgord, de nombreuses stations humaines, à ciel ouvert, adossées aux falaises des vallées et dans le voisinage des cours d'eau. En résumé donc, quoique pour la taille il n'ait rien gagné ou peu gagné sur ses prédécesseurs, l'homme de l'âge du renne paraît l'emporter sur eux pour l'aspect physique général, pour la physionomie, et semble avoir été doué d'une intelligence d'un ordre plus élevé. On peut donc être porté à croire que l'espèce humaine avait progressé.

Qu'on nous permette ici encore une double digression. Nous venons de formuler que le type brachycéphale est l'opposé du type dolichocéphale. Mais il ne faudrait pas conclure de là que, dans notre pensée, si une tête allongée peut être l'indice d'une intelligence médiocre, une tête ronde doive être le caractère révélateur d'une intelligence élevée. Car, au contraire, on pourrait presque croire, dit M. Karl Vogt, dans ses leçons sur l'homme, que les conditions de civilisation se trouvent dans une moyenne parmi les types extrêmes. Cela semblerait résulter en effet d'un tableau de la classification des peuples d'après les formes de leurs crânes. Car on y voit figurer parmi les têtes courtes : les Lapons, les Malgaches, les Madurais, les Baskirs, etc. ; parmi les têtes longues, les Noukahiviens, les Hindous, les Esquimaux, les Nègres, les Hottentots, etc. : parmi les têtes moyennes, les Allemands, les Russes, les Français, les Juifs, les Chinois, etc. La conclusion, ajoute M. Vogt, est extrêmement flatteuse pour les Français, qui occupent à peu près le milieu de l'échelle des têtes moyennes, de même qu'ils se considèrent, dit-il de plus, comme le centre de la civilisation.

Qu'on nous laisse dire encore que, dans notre opinion, si l'on ne doit pas accepter aveuglément les conséquences qui se tirent, pour le degré d'intelligence de l'homme, de la forme du crâne et de la physionomie, il faut cependant se garder du parti pris de rejeter toute relation entre les formes ou les qualités extérieures et les facultés morales. N'avons-nous pas tous d'ailleurs une certaine disposition à juger des dernières par les premières ? Quel est en effet celui qui ne s'est pas maintes fois surpris cher-

chant à estimer la valeur morale d'une personne, à première
vue, à la première rencontre? On a quelquefois, il est vrai, à
revenir sur une appréciation précipitée, presque instinctive;
mais le plus souvent, nous croyons, l'expérience confirme au
moins le fond du premier jugement. Donc, bien qu'elles ne
soient pas déterminées ou qu'elles ne soient peut-être pas
déterminables d'une manière absolue, on est porté généralement
à admettre que des relations existent certainement entre le physique et le moral des individus. Qui ne sait d'ailleurs que la
physionomie reflète les passions au moins passagèrement, lorsqu'elles sont, qu'on passe le mot, dans l'exercice de leurs fonc-
tions? Par suite, qu'un homme ait l'*habitude* d'une passion, la
face ne pourra-t-elle pas en conserver l'expression, comme une
étoffe, la trace d'un pli prolongé?

Si la physiognomonie est tombée en discrédit, c'est que certains ont voulu pousser l'exagération au point de localiser exclusivement les indices de toutes les aptitudes bonnes ou mauvaises.
Mais cette étude passe presque à l'état de science d'observation,
lorsque l'on compare les relations qui lient les conformations
anatomiques de *tous* les organes aux aptitudes, aux tendances,
aux instincts, aux passions dominantes. Or c'est surtout, paraît-
il, dans la cranologie comparée qu'on rencontre les bases d'une
bonne classification physiognomonique. Dans ce système, les
races humaines, actuelles ou anciennes, peuvent être bien défi-
nies. Déjà Cuvier l'avait dit ainsi : « c'est un sentiment vulgaire
que la liaison entre les proportions de la tête et les qualités de
l'esprit... Aucun peuple à front déprimé et à mâchoire proémi-
nente, n'a fourni des sujets égaux en valeur intellectuelle à ceux
que donne la généralité des Européens. » Aujourd'hui les progrès faits en cranologie comparée permettent de formuler les
propositions générales suivantes : 1º Dans *une race*, le développement intellectuel est proportionnel au développement cérébral.
2º Chez l'homme blanc, la vertèbre frontale étant beaucoup plus
développée que chez le nègre, on a *quelque raison* de croire que
l'énergie intellectuelle est en relation avec l'ampleur, le redres-
sement, la voussure du frontal ou le développement des lobes

frontaux. 3° L'étude des races humaines inférieures porte à croire que la vigueur des penchants bestiaux est en rapport avec la proéminence des lobes occipitaux. Or de cette proéminence résulte *ordinairement* la saillie de l'occiput, l'aplatissement du frontal, la tendance au prognathisme et la circonstance de *lèvres épaisses*. 4° On est porté à estimer l'énergie des penchants moraux ou affectifs d'après le développement des régions latérales du cerveau.

Sans plus insister sur ce qui fait l'objet de la digression, nous reprenons l'histoire de l'homme du renne.

Les restes des festins de l'époque nous apprennent que l'alimentation de l'homme se composait alors encore de fruits, de racines, de chair, auxquels étaient joints des coquillages terrestres, fluviatiles ou marins. On croit reconnaître dans ces restes que les végétaux entraient pour une plus grande part que précédemment dans l'alimentation humaine, et que la cuisson par le feu était aussi plus répandue. D'ailleurs les vestiges de foyers se rencontrent plus fréquemment. Puis, ce sont encore à peu près les mêmes animaux dont la chair fournit aux repas : c'est le cheval, le bœuf, le cerf, le bison, le renne, l'ours, etc. Toutefois, une chose répugnante à constater, c'est que nos ancêtres de cet âge se nourrissaient du rat immonde. Plaisonsnous à penser qu'ils ne mangeaient cependant cette viande infecte que, quand la chasse ayant été mauvaise, ils ne pouvaient se servir un cheval, un bœuf, un renne, un ours. L'état des os, restes de ces repas, nous dit que, comme ses devanciers, l'homme du troisième âge était très-friand de cervelle et de moelle. Aucune découverte d'ailleurs n'autorise à supposer qu'il ait été anthropophage. Il n'y a là, il est vrai, qu'une preuve négative, mais cette preuve étant acceptée, nous verrions dans ce qu'elle établit, un progrès beaucoup plus notable que tous les autres.

On est fondé à croire que l'homme du renne se servait des peaux des animaux qu'il avait abattus à la chasse, soit pour s'en faire des vêtements, soit pour s'en abriter sous des tentes. On a trouvé, en effet, des poinçons propres à percer les peaux et des aiguilles à chas, en corne, qui devaient servir à les coudre. On présume qu'en guise de fil on usait alors des fibres tendineuses ou des tendons très-déliés, empruntés à divers animaux et prinpalement au renne.

Mais une chose qui surprendra — ou peut-être ne surprendra pas, — c'est que, déjà à cette époque sauvage, l'instinct de la coquetterie se révèle par l'usage de certains objets de parure. Le luxe est fort modeste, il est vrai. Les élégants — ou les élégantes d'alors — se contentaient de bracelets et de colliers en coquillages. Quelquefois, apportés de loin et obtenus peut - être par voie d'échange, ces coquillages étaient employés sous leurs formes naturelles ; d'autres fois, ils étaient réduits par frottement en disques blancs et nacrés. Sous l'une et sous l'autre de ces formes, ils étaient en chapelets. Puis aussi *la mode élégante* d'alors voulait qu'on se suspendît au cou des canines de grands carnassiers dont quelques - unes même étaient embellies de sculptures : les mâchoires de l'ours, du tigre, du loup, du lynx fournissaient ces joyaux. Bien plus, on a trouvé dans certaines stations humaines de la fluorine violette, du jais, des pyrites, du carbonate de cuivre, en fragments percés au centre et qui sans doute ont servi à des usages analogues.

C'est aussi par ses armes et ses ustensiles que l'homme du renne se montre supérieur à celui du mammouth et de l'ours des cavernes. Il emploie encore, il est vrai, les têtes de lances ou de javelots, les pointes de flèches, les haches, les marteaux-massues qu'il taille dans des silex ; mais ces armes sont travaillées avec plus de soin. Puis il apporte un perfectionnement *inédit* jusqu'alors à ses pointes de flèches et de javelots : il joint, en effet, à celles qu'on employait avant lui des pointes longues en os et en corne de cerf et de renne, et barbelées des deux côtés : dans les unes, les barbes acérées et récurrentes sont tout à fait lisses ; dans d'autres, ces barbes sont creusées d'une rainure qui pourrait bien avoir été destinée à recevoir une substance vénéneuse. M. Lartet a trouvé mieux encore dans une station du Périgord ; c'est une espèce de poignard à lame de corne, dont le manche sculpté représente visiblement un renne aux

jambes repliées. — Parmi les instruments qui n'avaient pas
pour destination la chasse ou la bataille, voici ce en quoi consistent les principales découvertes : ce sont de petites scies
formées d'une lame de silex adroitement ébrêchée dans le
taillant aigu; ce sont, encore en silex, des couteaux à plusieurs
faces et à plusieurs lames tranchantes, puis d'autres couteaux
plus petits appelés grattoirs, parce qu'on présume qu'ils ser-
vaient à gratter les peaux pour les épiler; ce sont aussi, en os,
en corne ou en ivoire, des poinçons, des aiguilles, des lissoirs,
des cuillers propres à extraire la moelle des os longs, des sifflets
en forme de clef forée, et divers engins ou ustensiles dont on n'a
pu soupçonner ou déterminer l'emploi.

A l'âge du renne, ainsi que nous l'avons déjà formulé, se
rapportent authentiquement les premiers essais de poteries.
Sans doute, dès longtemps, l'homme des cavernes avait employé
un creux imprimé dans l'argile pour y conserver sa provision
d'eau ; sans doute, il n'a pas tardé à enlever quelque chose du
superflu de ce vase par trop élémentaire et à le faire sécher au
soleil, afin d'avoir un objet un peu portatif; mais c'est seulement
l'homme du renne qui a commencé à pétrir l'argile, à la façonner
en vase, à l'orner même parfois d'un cordon en relief, puis à
faire durcir au feu d'un foyer son œuvre ainsi préparée. Les
débris trouvés indiquent, on le conçoit, des formes aussi peu
régulières que la pâte en est grossière. Leur couleur noirâtre,
grise, rougeâtre, jaune-sale, est loin de flatter l'œil. Puis on
voit dans les cassures que la terre mal cuite empâte des grains
de sable quartzeux d'un volume relativement assez grand. Par
combien d'essais intermédiaires l'homme n'a-t-il pas dû passer
pour arriver d'un tel point de départ aux chefs-d'œuvre que
fabrique la manufacture de Sèvres?

Un indice de progrès qu'on s'attend peu sans doute à trouver
dans ces époques sauvages, c'est que déjà il se rencontrait des
artistes cultivant le dessin et la sculpture. Un premier spécimen
de dessin, de l'âge du renne, a été découvert, en 1864, par
M. Lartet, à la station de la Madeleine, dans le Périgord. C'est
une lame d'ivoire qu'on a trouvée brisée en cinq fragments qui

ont pu être réunis en un tout, sur lequel est gravée l'image, en traits peu profonds. Le dessin, dans son ensemble, est la représentation d'un mammouth en pleine course ; on y voit que l'artiste a essayé de reproduire l'allure à la fois singulière et imposante de l'animal fuyant devant les chasseurs. On y remarque deux *repentirs* ou deux corrections qui indiquent que l'artiste n'a été content qu'à son troisième essai de la courbe dorsale. Ce dessin n'est-il pas à lui seul une affirmation précieuse de la coexistence de l'homme et du mammouth ? Un autre monument de l'art, à la même époque, c'est une tête du même animal sculptée sur un bois de renne : il a été trouvé aussi dans le Périgord, à Laugerie-Basse, par M. de Vibraye. Depuis, on a découvert, dans le midi de la France, divers autres essais artistiques gravés sur bois de renne, sur os, sur schiste ardoisier : on y voit un combat de rennes, des rennes isolés, des têtes d'aurochs et de chevaux, un animal cornu de l'époque, et même une manière de figure humaine. Assurément ces esquisses ne figureraient pas avantageusement à côté de celles de nos artistes ; mais quelques-unes sont néanmoins assez heureuses et ont le mérite d'avoir un cachet de nature et de vérité.

Si la grotte d'Aurignac nous a initiés au mode de sépulture des âges antérieurs, le trou du frontal, à Furfooz, près de Dinant, nous révèlera les coutumes des hommes du renne à l'égard de leurs morts. Comme leurs devanciers, ceux-ci transportaient les cadavres dans une caverne sépulcrale ; comme eux, ils fermaient l'entrée par une large dalle qui interdisait aux bêtes sauvages la possibilité d'une profanation. Une urne, des armes, des amulettes faisaient pour ainsi dire un ameublement à la demeure de ceux qui avaient cessé de vivre, et des provisions y étaient déposées à leurs côtés. Après avoir accompagné le mort, les parents, les amis, la peuplade toute entière peut-être, se réunissaient à côté du caveau mortuaire et prenaient part à un banquet auprès du foyer même où fumaient les chairs des grands animaux qui devaient faire les frais du festin. On a vu la pratique de cette coutume dans les restes de nombreux festins accumulés au-devant de l'entrée. Treize fois la grotte de Furfooz avait été ouverte et la dalle treize fois déplacée ; la grotte avait été fermée ou la dalle remise en place sur un treizième cadavre ; lorsqu'une irruption de la mer produisit une catastrophe. La fermeture en effet a été trouvée fortement inclinée, presque renversée, et les débris des treize squelettes étaient disséminés au travers des terres et des pierres que les eaux tumultueuses avaient chassées devant elles dans la grotte que leur violence avait ouverte. C'est aussi dans ce dépôt de transport qu'ont été recueillis les objets divers qui ont fourni les éléments des premières conclusions formulées, celles qui sont relatives aux approvisionnements pour les morts.

Nous avons eu occasion de dire qu'à l'époque appelée âge du renne, un climat rigoureux sévissait dans nos régions. Un fait considérable découvert aux environs de Stuttgart, dans la Haute-Souabe, vient appuyer cette assertion d'une nouvelle preuve. Il s'agissait de transformer un ancien cloître en un haut-fourneau. Entre autres travaux, on avait à dessécher une étendue assez vaste de marécages et d'étangs. Ainsi qu'on le pratique ordinairement en pareil cas, on fit des creusages, des saignées dans le sol, pour l'écoulement des eaux. C'est un de ces creusages qui a donné lieu à la découverte d'une mine précieuse de documents, et ces documents se rapportent certainement à l'âge du renne. Car, indépendamment des caractères stratigraphiques et minéralogiques, du cachet spécial des armes et des ustensiles trouvés en grand nombre, on a reconnu que, dans la quantité considérable des ossements exhumés, ceux du renne entrent pour quatre-vingt dix-huit centièmes. Ici, la nature glaciale du climat est indiquée d'abord, comme ailleurs, par les restes des espèces animales. On y a trouvé en effet un glouton, analogue à celui des régions boréales ; un loup et un chien, des espèces groënlandaises ; un ours brun de grande taille, des régions polaires ; une espèce de cygne, qu'on ne chasse aujourd'hui que dans les pays très-septentrionaux ; de nombreux canards, qui n'aiment que les pays les plus froids. Mais la même nature glaciale de climat est ici clairement manifestée encore par l'autre des deux règnes vivants, dans la découverte d'un lit de mousses particulières.

Conservées par l'humidité, de manière à n'avoir perdu ni le vert de leur couleur naturelle, ni même leur odeur de violettes, ces mousses avaient par suite gardé tous leurs caractères spécifiques. Aussi, soumises à l'examen compétent de M. Schimper, de Strasbourg, elles ont été par lui déterminées, sans qu'il reste de place à l'incertitude. Ce savant y a trouvé parmi d'autres les variétés groënlandaises que les naturalistes appellent *hypnum aduncum* et *hypnum sarmentosum*. Or ces variétés, ainsi que celles qui les accompagnaient, ne se montrent plus, dans la distribution géographique actuelle des végétaux, que dans les régions froides où prospère le renne ; ou bien, si on les rencontre à des latitudes moins inclémentes, elles ne s'y voient qu'à des altitudes, à des hauteurs, où règnent les neiges éternelles. Ainsi voilà bien un caractère végétal qui vient s'ajouter aux caractères tirés des animaux pour établir que la contrée appelée Souabe avait, à l'époque de l'homme du renne, le climat glacé des Groënlandais et des Lapons. Nous avons omis de dire qu'on n'a pas trouvé, il est vrai, de débris humains, dans la station dont il vient d'être question ; mais la présence de l'homme y est suffisamment indiquée par des échantillons de son industrie, pierres et bois de renne travaillés, et même par des débris de poteries.

Dans notre opinion, la région française, même dans les contrées du midi, qui sont aujourd'hui les plus favorisées, participait à la même époque des mêmes rigueurs d'un climat laponien. Non-seulement en effet, ainsi que le disent les nombreux restes trouvés, le renne, le *cervus tarandus*, y prospérait et s'y multipliait au point que l'homme qui le chassait, pouvait facilement se le procurer, ou mort, pour vivre de sa chair et en utiliser diverses autres parties, ou vivant, pour le domestiquer et l'employer sans doute à des transports ; mais encore la physionomie générale de la faune de l'époque se rapporte, dans nos pays, à celle que veulent les latitudes habitées par le renne. Jusqu'à présent, il est vrai, aucune découverte que nous connaissions, ne signale chez nous la présence fossile de végétaux des régions polaires. C'est que, pour la conservation d'êtres aussi délicats, il faut des conditions exceptionnellement favorables, dont l'ensemble a dû ne se rencontrer que très-rarement. Mais il suffirait d'un hasard heureux pour qu'on fût mis un jour en possession de ce complément de démonstration.

COMPLÉMENT A L'HISTOIRE DE L'HOMME ANTÉDILUVIEN
ou *documents relatifs à l'homme quaternaire.*

Pour faire aussi rapide que possible notre résumé de l'histoire de l'homme antédiluvien, nous avons écarté beaucoup de détails qui, cependant, offrent de l'intérêt, et nous nous sommes à peu près borné à formuler de brèves conséquences. Aussi, il nous semble bon de faire suivre l'histoire proprement dite de l'homme quaternaire d'un complément, annoncé d'ailleurs, où nous citerons des documents choisis qui pourront être regardés comme étant des *pièces justificatives*, et servir au besoin à rectifier celles de nos conséquences qui auraient paru hasardées. Nous trouverons de plus l'avantage de compléter par des faits quelques définitions qui auront pu sembler incomplètes à ceux qui n'ont pas l'habitude de la géognosie et de certaines autres études qui se rattachent plus ou moins médiatement à l'anthropologie ancienne. Enfin, dans les documents que nous citerons, bien peu nombreux relativement à ceux que possède la science, on pourra voir entre autres choses que si, comme nous l'avons déjà dit, certains pays se distinguent par le nombre des matériaux anthropologiques, des découvertes ont été faites dans un grand nombre de régions différentes, qui conduisent aux mêmes conséquences. Dans nos citations, on le comprendra, nous ne saurions suivre une classification bien déterminée; car certains renseignements ne se rapportent que *douteusement* à telle ou à telle époque; puis il arrive que dans une même observation les

renseignements fournis se rapportent à des objets différents.
Mais il ne s'agit que d'un *complément*, et la classification n'a
ici qu'une valeur plus secondaire.

VALLÉE DE LA SOMME (M. Boucher de Perthes, *Archéologie
d'Abbeville*). — Dans les environs d'Amiens, d'Abbeville, de
Saint-Acheul, etc., se trouvent des assises ou des couches dilu-
viennes, où l'on distingue de bas en haut : 1° une couche à
cailloux roulés et à gros blocs, renfermant des os d'éléphants et
des silex travaillés, qui correspond au *diluvium gris* de Paris ;
2° une couche brunâtre qui se rapporte au lehm ou au lœss ;
3° une couche à petits cailloux et à graviers dont l'équivalent
paraît être le *diluvium rouge*. C'est dans la couche inférieure
que M. Boucher de Perthes a fait des découvertes d'instruments
en silex autour desquels il s'est fait tant de bruit. Il y a plusieurs
sortes de ces instruments : les uns, appelés couteaux, sont des
éclats de silex aiguisés des deux côtés et qui pouvaient rendre
imparfaitement les services que nous demandons aux ustensiles
qui ont aujourd'hui ce nom ; les autres ont la forme de fers de
lances, aiguisés et pointus à une extrémité, tandis qu'à l'extrémité opposée ils sont larges et épais ; d'autres, de forme non
triangulaire, mais ovoïdale, sont aiguisés dans tout le pourtour
et sont appelés haches. Le nombre et l'état de ces objets
indiquent clairement qu'ils ont été façonnés par l'homme. Ces
instruments sont d'ailleurs analogues à ceux que fabriquaient,
alors qu'on a découvert leurs pays, les sauvages des îles du
Pacifique et les Indiens d'Amérique ; puis la plupart, comme
chez les sauvages, paraissent avoir été préparés pour être fixés,
à des manches.

Dans ces mêmes couches caillouteuses, on a trouvé, avec des
restes de mammouth, des ossements de l'ours des cavernes, du
rhinocéros à narines cloisonnées *(R. tichorhinus)* et d'animaux
du même âge ; mais on y avait cherché en vain des ossements
humains, lorsque le 28 mars 1862, quelques jours après la
découverte d'une molaire, on fit celle d'une mâchoire humaine,
à Moulin-Quignon, près d'Abbeville. C'est M. Boucher de Perthes

qui a déterré la mâchoire, en prenant toutes les précautions et faisant toutes les observations recommandables en pareil cas. Cependant beaucoup de savants, des Anglais surtout, ont essayé de révoquer en doute l'authenticité du fait. Mais MM. de Quatrefages et Falconer en particulier se sont livrés à de minutieux examens qui établissent bien cette authenticité, et aujourd'hui le fait est acquis à la science, comme celui d'une découverte dont le sujet se rapporte à l'époque tertiaire.

La pièce osseuse est une mâchoire inférieure dont l'avant-dernière molaire seule est conservée ; les alvéoles des autres dents, à l'exception de la dernière molaire, étaient remplis de sable. On y rencontre des singularités qui, assurément, ne sont pas sans se rencontrer chez des individus d'aujourd'hui ; mais chez ceux-ci elles sont *isolées*, et elles ne se trouvent *réunies* que dans le fossile. Voici ces singularités : 1° la branche montante et la branche horizontale font entre elles un angle très-ouvert ; 2° la branche montante est très-large et très-basse ; 3° la tête articulaire est très-ronde ; 4° le bord postérieur est un peu recourbé en dedans. Assurément ce seul spécimen ne suffit pas pour caractériser la race d'alors ; mais la réunion d'autant de caractères singuliers donne à penser que l'individu différait très-notablement des types qui, de nos jours, habitent les mêmes contrées.

Grotte du Neanderthal et grotte d'Engis (MM. Fuhlrott, Schmerling et Vogt). — Dans le sol de la grotte du Neanderthal (Allemagne), on avait trouvé, en août 1856, à 70 centimètres de profondeur, les os d'un squelette humain étendu horizontalement. Le dépôt qui faisait linceul au squelette, est composé d'une argile caillouteuse analogue au diluvium gris. Mais tout d'abord, prenant ces ossements pour ceux d'un ours, les auteurs de la découverte les avaient jetés de côté avec du *lehm* qui y était fortement adhérent. Plus tard, le professeur Fuhlrott, d'Elberfeld, visitant ces restes, les reconnut pour être des ossements humains. Aussi put-il sauver d'une destruction complète un certain nombre de pièces importantes : la calotte cranienne, le fémur, l'humérus, un cubitus, une clavicule, la moitié gauche du bassin, un fragment de l'omoplate droite, et des fragments de côtes. Or, on a trouvé dans le même lehm, à peu de distance de cette grotte, des os de mammouth et d'ours des cavernes. Que les os humains soient bien les contemporains de ceux des autres animaux, cela résulte de l'identité d'état des uns et des autres : non-seulement ils happent également à la langue, mais ils ont subi identiquement les mêmes altérations physiques et chimiques. Le crâne qui fait partie de cette découverte est donc un *monument* de l'homme quaternaire; on le connaît, dans la science, sous le nom de crâne du Neander. Tout à l'heure nous en parlerons.

Le docteur Schmerling, de Liége, a examiné et exploré minutieusement les cavernes de son district ; il a publié, en 1833, sur le résultat de ses recherches, un ouvrage devenu classique, dans lequel, particulièrement, il étudie comparativement les ossements humains et animaux qu'il a extraits, par milliers. La pièce la plus importante de sa collection, il l'a trouvée dans la grotte d'Engis, à 1^m,50 de profondeur, dans une brèche osseuse large d'un mètre, adhérente à la paroi et s'élevant à 1^m,50 au-dessus du sol. Cette pièce est un crâne connu dans la science sous le nom de crâne d'Engis. Dans la même terre, qui n'offrait aucun indice de modifications ultérieures, on a aussi trouvé depuis des restes de petits animaux, des dents de rhinocéros, de cheval, d'hyène, d'ours, de ruminants, disséminés tout autour de l'emplacement du crâne. Puis aussi dans d'autres parties du sol de la grotte, qui est assez spacieuse, le même explorateur a trouvé d'autres fragments de squelettes humains, dont l'entourage indique aussi l'âge de l'ours. « Les ossements humains et les os animaux, dit M. Schmerling, avaient subi identiquement les mêmes altérations. De plus, nulle part il n'a été trouvé d'indice qu'ils eussent été rongés. »

Le crâne d'Engis, quoique incomplet, offre des parties importantes. Du côté droit se trouvent très-bien conservés le frontal, le pariétal, la plus grande partie de l'occipital, l'apophyse mastoïde avec l'orifice externe de l'oreille. Le crâne est de moyenne grosseur. Il appartenait à un sujet âgé ; car les sutures commencent à s'effacer çà et là. Il est probable que c'était une femme, et cela semble indiqué par une moindre épaisseur des os que dans le crâne du Néander dont nous allons parler et qui est du même âge. La tête appartenait au type dolichocéphale, le rapport de la largeur à la longueur étant 0,701, rapport qui se rapproche beaucoup de celui que présentent les crânes des Esquimaux et des Nègres australiens. La capacité cérébrale devait être relativement faible et les lobes du cerveau étaient peu développés. C'est un des crânes *les plus simiens*, suivant M. Vogt, et qui tiendrait le milieu entre l'Australien et l'Esquimau. Cependant il est parfaitement distinct du crâne de l'un quelconque de nos singes d'aujourd'hui.

Rapprochons de ce crâne celui du Neander. Ou a de celui-ci moins de parties que du précédent. Cependant, en étudiant la partie que l'on possède, on a pu arriver à des conclusions importantes que nous allons formuler. Ce crâne est aussi de forme elliptique allongée ou très-dolichocéphale. Le faible développement du cerveau l'a fait comparer au crâne du Nègre australien. L'aplatissement supérieur, l'épaisseur des arcades sourcilières, la proéminence inclinée de l'occiput, sa suture écailleuse, longue et droite font de ce crâne humain un type qui se rapproche plus encore que le précédent du type simien, dit Huxley. Cependant la capacité cranienne, qui est une moyenne entre celle des Polynésiens et celle des Hottentots, montre que les *tendances simiennes* ne pénètrent pas profondément dans l'organisation. L'épaisseur des os semble indiquer un être masculin et on croit que sa taille était au-dessous de la moyenne de celle de l'Européen actuel.

En résumé, M. Vogt voit dans le crâne d'Engis le type d'une femme presque intelligente, et dans celui du Neander le type d'un idiot semblable à celui que M. Owen a figuré pour le comparer au Chimpanzé. L'homme du Neander aurait été aussi fort et musclé que stupide. L'un et l'autre se rapprocheraient le plus du type vivant que représente la race australienne, qui est le

plus repoussant parmi ceux des races non civilisées d'aujour-
d'hui.

Trou de la Naulette (Belgique). — M. Dupont a découvert
dans cette grotte, associée avec des os de mammouth, de rhinocéros à narines cloisonnées, de renne, etc., une mâchoire
humaine inférieure dont M. Pruner-Bey a entretenu la Société
anthropologique de Paris, le 4 octobre 1866. Au premier aspect
des naturalistes éminents ont pu douter qu'ils eussent affaire à
une mâchoire humaine. Et en effet, à la place du menton se
trouve une courbure uniforme inclinée en arrière au-dessous
des alvéoles ; d'un volume médiocre, elle est très-épaisse et très-
basse à la région des molaires ; le prognathisme y est très-for-
tement accentué ; on y remarque ce caractère simien de l'ac-
croissement de grandeur des molaires, depuis la première à la
troisième. Cependant la courbe dentaire, soit à l'intérieur soit à
l'extérieur, l'alvéole et la forme de la canine ont des caractères
qui ne se rencontrent pas chez le singe. L'opinion de M. Vogt
qui l'a examinée, est, que cette mâchoire est en effet distincte de
celle des singes : la séparation entre les canines et les molaires
n'existe pas ; puis, s'il n'y a pas la proéminence du menton, il
n'y a pas non plus ce retrait brusque qui appartient aux races
simiennes. C'est une mâchoire d'homme, dit M. Vogt, mais d'un
homme primitif, offrant des caractères intermédiaires entre
l'homme et le singe. Cette conséquence est d'ailleurs aussi celle
qui résulte d'une discussion savante dans le sein de la Société
anthropologique au jour désigné plus haut.

Si, d'après M. Pruner-Bey, on rapproche cette mâchoire
d'un cubitus trouvé dans le même gisement, on peut conclure
timidement que l'individu à qui auraient appartenu ces restes,
était d'une taille comparable à celle des Lapons et des Boschi-
mans. Au reste, le cubitus et le radius exhumés d'Aurignac, et
qui sont de la même époque, donnent lieu de tirer la même
conséquence pour la taille de l'homme d'alors.

Environs de Paris (observateurs divers). — Après les découvertes faites dans la vallée de la Somme, les explorateurs sti-

mulés ont entrepris partout des recherches dans le but de trouver des indices de l'industrie humaine. Nous savons déjà et nous verrous encore que les efforts tentés ont été couronnés de succès dans un grand nombre de lieux. Ici nous parlerons de quelques découvertes aux environs de Paris. Et d'abord, pour fixer les âges géologiques, voici, d'après M. Charles d'Orbigny, la coupe du diluvium à Joinville. Immédiatement au-dessus du calcaire de Saint-Ouen, qui est une formation tertiaire, repose une couche de *diluvium gris*, de 2ᵐ,70 d'épaisseur, renfermant à sa base des blocs erratiques et à tous les niveaux des cailloux roulés granitiques. Sur le diluvium gris repose une couche de 0ᵐ,70, composée de sable blanc marneux avec des nodosités analogues à celles du lœss. Plus haut c'est une couche de 0ᵐ,75 de marne grise, renfermant quelques cailloux roulés. Enfin, et immédiatement au-dessous de la terre végétale, se trouve une dernière couche appelée diluvium rouge, de 0ᵐ,70 qui est ainsi désignée parce que la marne qui sert de ciment aux cailloux roulés de ce terrain, est colorée en rouge par un oxyde ferrugineux. Les cailloux roulés proviennent des matériaux empruntés au granit porphyroïde du Morvan et aux silex de la craie.

Dans le diluvium gris inférieur se rencontrent de rares fragments de coquilles fossiles, terrestres et fluviatiles, des terrains sous-jacents; mais de plus des dents de mammouth et de rhinocéros à narines cloisonnées avec des os de divers mammifères. Dans ce même diluvium gris, M. Gosse a trouvé, à la Motte-Piquet, faubourg de Paris, des os d'éléphant, de rhinocéros et de chevaux, avec de fort belles haches en silex, identiques à celles d'Amiens. Ce qui établit bien la simultanéité de l'enfouissement des os animaux et des objets fabriqués, c'est que l'un des os adhérait comme soudé à une hache par du sable durci. — Puis, dans les terrains quaternaires au-dessus desquels est la rue du Chevalleret (Paris), à la sablière de M. Dechaynin, on a trouvé une molaire et une autre dent d'*elephas primigenius*, des silex taillés, et particulièrement deux beaux couteaux de 73ᵐᵐ et de 150ᵐᵐ.

GROTTE DE LHERM DANS L'ARDÈCHE (M. Garrigou, etc.). —
Dans le sol de cette grotte on a trouvé des dents, une omoplate,
des os du bras et du pied d'un homme, associés à une foule
d'ossements de l'ours des cavernes et de l'ancien ours brun, à
quelques débris du lion et de l'ours des cavernes, d'un chien,
d'un loup et d'une espèce de cerf. Au nombre des pièces découvertes, on comptait sept crânes d'*ursus spelaeus*, cinquante
demi-mâchoires, trois cents dents, et on a pu réunir tous les os
d'un squelette. Des dents humaines ont été trouvées parmi celles
de l'hyène et de l'ours des cavernes dans un lehm recouvert de
stalagmites jusqu'alors non fracturées. La présence de l'homme
est d'ailleurs indiquée, non-seulement par ses ossements, mais
encore par les spécimens de son industrie ; car on a trouvé en
outre un couteau triangulaire en silex, trois mâchoires d'ours
percées (?) pour être portées comme ornements de parure, un
andouiller de cerf appointi au sommet et taillé grossièrement à
sa base. Vingt mâchoires d'ours façonnées comme pour servir
d'armes ou d'instruments à remuer la terre. — Que ces mâchoires aient été travaillées intentionnellement par l'homme,
leur nombre le dit surabondamment ; puis de plus, on peut, pour
ainsi dire, compter sur chaque échantillon le nombre des coups
portés avec les instruments mal aiguisés qui ont mené le travail
à la fin qu'il a reçue.

L'absence des cailloux roulés, l'état du lehm, les *excréments*
d'hyène qu'il renferme, les traces de foyers qu'on y rencontre,
les superpositions de couches constatées indiquent que la caverne
a été habitée successivement par l'homme et les animaux carnivores. Mais la contemporanéité de l'homme et des animaux des
premiers âges quaternaires, est clairement manifestée par ceci
que l'homme s'est servi des mâchoires de ces animaux pour s'en
fabriquer des instruments, quel que soit d'ailleurs l'usage de ces
instruments.

GROTTE D'AURIGNAC (M. Lartet, etc.). — Au risque de nous
répéter *un peu*, nous croyons devoir ajouter quelques détails à
ceux que nous avons donnés sur la grotte funéraire d'Aurignac.

— Au-devant de la grotte, des pierres plates étaient disposées comme pour former un foyer assez vaste et étaient d'ailleurs recouvertes d'une couche de cendre et de charbon de 15 à 20 centimètres d'épaisseur. On y a rencontré beaucoup d'ossements d'herbivores, quelques-uns carbonisés ou brûlés, et portant des empreintes de coups de haches en silex, empreintes qui ne se trouvaient pas sur les ossements des carnassiers. La plupart des ossements des herbivores étaient brisés, et on voyait qu'ils avaient été rongés par les grands carnassiers. L'absence complète des os spongieux et la présence d'excréments d'hyènes ont amené M. Lartet à conclure que les os longs avaient été brisés par l'homme qui en avait mangé la moelle ; puis, que les hyènes étaient venues tirer profit des restes des repas humains. On a de plus recueilli, encore au-devant de la grotte, des instruments nombreux et variés fabriqués par l'homme. Ce sont : une centaine de couteaux en silex, des pointes de flèches sans barbes récurrentes, un poinçon fait d'une perche de chevreuil, des lames plates en bois de renne polies sur les deux faces, une lame avec des divisions transverses intentionnelles, une canine d'ursus spelaeus percée dans sa longueur et offrant l'imitation imparfaite d'un oiseau, de petits disques ronds percés au centre, façonnés avec des coquilles de bucardes, pour être portés probablement en collier.

Dans l'intérieur du caveau on recueillit quelques os humains, et en particulier une mâchoire. Redisons encore combien il est regrettable qu'on n'ait pas su ou voulu indiquer à M. Lartet le lieu de l'ensevelissement des dix-sept squelettes d'abord trouvés. A la place ou aux environs de la place où avaient été ces ossements, se trouvaient les plus beaux couteaux en pierre, les instruments en corne les plus soignés, un bois de renne entier, des dents et des mâchoires de carnivores. Nulle part on n'y a trouvé de fragments de crânes de mammifères ; et les restes d'herbivores et d'animaux comestibles semblent indiquer clairement un but particulier à leur dépôt dans l'intérieur, puisqu'on a trouvé parmi ces restes la jambe entière d'un ours des cavernes. Au reste, une observation très-importante à faire,

4

c'est que les ossements de l'intérieur ne présentaient nul indice qu'ils eussent servi à des repas, au contraire de ce qui se remarquait sur les ossements de l'extérieur.

Voici d'ailleurs la liste, relevée par M. Lartet, des animaux découverts dans la grotte d'Aurignac et dont les espèces ont été déterminées : 1° le mammouth, le rhinocéros *tichorinus*, le cerf gigantesque *(megaceros hibernicus)*, l'ours des cavernes, le grand tigre et l'hyène des cavernes (espèces aujourd'hui éteintes); 2° au nombre des espèces encore vivantes, des renards en grand nombre, des loups au nombre de trois, deux blaireaux, des putois, douze ou quinze aurochs, dix à douze rennes, trois ou quatre chevreuils et des sangliers, etc.

Comme nous l'avons dit déjà, la grotte d'Aurignac était bien une caverne sépulcrale, où l'on déposait les morts avec un entourage de dents et de mâchoires des carnassiers qui peut-être avaient été tués par eux. Peut-être aussi mettait-on à côté des cadavres des provisions pour les premiers temps de leur séjour dans l'autre vie, ainsi que cela se pratique encore chez quelques peuplades sauvages d'aujourd'hui. Quant au sol de la partie antérieure, au terrain qui précédait la grotte, il était disposé en foyer; peut-être était-il abrité par un toit de feuillage; mais on conçoit que les causes de destruction dans une aussi longue durée n'aient pas laissé subsister de vestige ni du toit ni des bois qui le portaient.

DÉCOUVERTES DIVERSES QUI SE RAPPORTENT A L'AGE DU GRAND OURS DES CAVERNES (Observateurs nombreux). — Nous allons citer, sans entrer dans des détails minutieux, un certain nombre de stations qui ont fourni, en France principalement, les éléments de l'histoire de l'homme antédiluvien du 1er âge. 1° C'est la grotte de Vallières (Loir-et-Cher), signalée par M. de Vibraye, où il a été trouvé des haches en silex taillées à grands éclats, analogues au type de la vallée de la Somme, des ossements de l'*ursus spelaeus*, du *cervus megaceros*, du bœuf primitif, d'une espèce de cheval, etc., mais pas d'ossements de renne. — 2° La grotte d'Arcq (Yonne) a donné à M. de Vibraye une ver-

tèbre humaine et des silex taillés, ainsi que des ossements d'éléphant, de rhinocéros, d'ours, d'hyène, d'auroch, de cheval,
d'hippopotame. M. Garrigou y a trouvé, au milieu d'un amas
d'ossements appartenant presque exclusivement à l'ours, une
dent et une mâchoire humaines. — 3° Le *trou de la fontaine*,
aux environs de Toul (Meurthe), a donné une aiguille en os, à
chas, avec quelques autres objets de l'industrie humaine et des
ossements d'hyène, d'ours, de rhinocéros. — 4° La caverne de
Pontil (Hérault), étudiée quant à son sol, a offert trois assises
superposées : dans l'assise inférieure on a trouvé le rhinocéros,
le grand ours et l'*urus*; dans la couche moyenne il y avait des
débris humains, du charbon, des silex travaillés, des instruments
en os, des restes de cheval, de bouc, d'urus ; dans la couche
supérieure c'étaient des indices qui se rapportent à l'âge du
bronze. — 5° De la grotte du Moustier, à Peyzac (Périgord),
MM. Lartet et Christi ont extrait des silex ouvrés, des lames
détachées de molaires d'éléphants, des débris de l'hyène et de
l'ours des cavernes. — 6° Dans la grotte supérieure de Massat
(Ariége) on a recueilli deux dents humaines et une tête de flèche
en os, au milieu d'ossements de l'ours, de l'hyène, du cerf, du
chevreuil, du chamois, du bouquetin, du blaireau, etc.

CAVERNES DE PONT-A-LESSE (Belgique). — Plusieurs petites
cavernes sur la rive droite de la Lesse, à 30 ou 35 mètres au-
dessus du niveau du courant, ont offert à M. Dupont des observations qu'il communique à l'Académie royale de Belgique. Le
sol rocheux y est recouvert de terrains meubles d'une épaisseur
totale de 4 mètres à peu près ; d'abord sous un mince dépôt
récent, c'est une première couche de 1ᵐ,10 d'épaisseur, composée d'une terre noirâtre avec de petits blocs d'alluvions, qui
renferme des ossements humains et d'animaux, des coquilles
terrestres, des fragments de poterie et d'autres traces de l'industrie de l'homme; au-dessous, séparée par une épaisseur de
0ᵐ,05 d'argile, vient une terre grise, encroûtée quelquefois de
stalagmites, avec des ossements, des silex, de la poterie, des
restes de foyers, le tout formant une épaisseur de 0ᵐ,85 ; enfin,

on rencontre un banc de 1ᵐ,50 d'épaisseur d'une argile jaune à blocaux, superposée à des traces de sable pur, blanc-jaunâtre. L'argile jaune à blocaux de la couche inférieure se rapporte à l'âge du renne, ce qui est constaté par la comparaison avec les dépôts similaires des environs, par la présence de silex taillés, par l'absence de tout métal : c'est le lœss normal. On y a trouvé des fragments d'une poterie grisâtre, à peine cuite, modelée à la main, deux silex taillés, un fragment de défense de sanglier percé d'un trou, des os brûlés et des os non brûlés d'animaux et d'hommes à côté de traces de foyers.

Les ossements d'animaux, assez peu nombreux, se rapportent aux suivants : sanglier, chèvre, coq-de-bruyères, rat d'eau, un grand poisson. Quant aux ossements humains, ils consistent en un maxillaire inférieur, un fémur, un tibia, deux péronés, un corps de vertèbre, un fragment de bassin. Les coquilles caractéristiques trouvées sont principalement l'*helix nemoralis*, l'*helix lapicida*, l'*unio batava*.

Les débris humains appartiennent à des individus jeunes, et étaient disséminés au travers de restes de repas. Cependant leur présence peut s'expliquer difficilement par l'hypothèse d'un cannibalisme, comme l'a fait M. Spring au sujet de l'ossuaire de Chauvaux. Ces os sont, en effet, entiers, ou bien ceux qui sont brisés, l'ont été accidentellement, dit l'auteur de la découverte.

CAVERNES DE WALSIN (Belgique). — Ces cavernes explorées par le même *chercheur*, M. Dupont, sont appelées dans le pays le trou des blaireaux, le trou de l'hyène, le trou de la naulette. — Le trou des blaireaux, à 75 mètres au-dessus de la Lesse, a donné, dans l'argile à blocaux, des ossements de cheval, d'élan, de renard, de loutre, de blaireau, de chat sauvage, de coq-de-bruyères; puis, comme indices de la présence de l'homme, des restes de foyers et un bloc de silex pyromaque taillé grossièrement. — Le trou de l'hyène, à 11 mètres au-dessus de la Lesse, a donné de nombreux ossements, surtout à la base du dépôt argilo-sableux du *lœss*. Les restes animaux se rapportent aux espèces suivantes : grand ours (*ursus spelæus*), hyène des

cavernes, mammouth, rhinocéros *tichorinus*, renne, grand
bœuf, cheval, renard. Les espèces dominantes sont l'hyène, le
rhinocéros et le cheval. Les os de rhinocéros, de cheval, du
renne surtout, montrent les traces des dents d'un grand carnassier, probablement de l'hyène dont les restes sont exempts de
ces atteintes. On n'a pas trouvé, dans cette grotte, d'indice
qu'elle ait été habitée par l'homme. — Le trou de la naulette,
pour les résultats, est la caverne du groupe qui nous occupe, où
l'on a fait les découvertes les plus précieuses. Au-devant de
l'entrée, à 25 mètres au-dessus de la Lesse, il a été trouvé, dans
un dépôt épais d'argile jaune à blocaux, des ossements de
cheval et de renne. Puis, à l'intérieur, dans des couches alter-
nantes d'argile sableuse et de sable, à près de 4^m,05 au-dessous
du sol supérieur, ont été trouvés les restes des espèces suivantes :
loup, *ursus arctos*, renard, blaireau, chauve-souris, marmotte,
rat d'eau, mammouth, rhinocéros, cheval, renne, sanglier,
chamois, cerf commun, mouton ou mouflon, *poisson* (d'espèce
non désignée). Enfin, ce qui donne à la découverte sa plus haute
importance, c'est la présence d'une mâchoire et d'un cubitus
humains et d'un os percé d'un trou fait évidemment avec intention. Nous devons faire remarquer de plus que les os à moelle,
en assez grand nombre, des animaux qui pouvaient servir à la
nourriture, offraient tous les cassures intentionnelles que nous
avons déjà eu tant de fois occasion de signaler.

Nous avons aussi fait connaître les opinions formulées, dans
une réunion de la Société anthropologique de Paris, sur la
mâchoire humaine dont nous venons de dire la découverte.
Voici ce que nous trouvons relativement à ce sujet dans le
rapport à l'Académie royale de Belgique. « L'os maxillaire,
incomplet cependant, offre l'aspect d'une très-belle conservation.
On a pu y constater tous les indices d'un prognathisme presque
animal et par la proclivité d'arrière en avant de la partie
syphysaire et par la disposition des alvéoles : c'est presque
l'ordre typique du maxillaire simien. Le cubitus, dont la forme
est très-normale, laisse présumer, par l'aspect et la taille, qu'il·

vient d'un squelette de femme, auquel d'ailleurs la mâchoire pourrait avoir appartenu. »

CAVERNE-ABRI DE LAFAYE, A BRUNIQUEL (M. Brun). — Cette caverne, formée par un rocher en surplomb qui recouvre de son abri une surface de 4^m,50 de large sur 20 à 25 mètres de long, offre dans la partie la plus basse vers l'extérieur une construction qui remonte à une très-haute antiquité. A la paroi de cette construction, qui est opposée au rocher, on distingue des moellons, des silex taillés, des ossements parmi lesquels se trouvait une corne d'auroch. La couche superficielle du sol de cette grotte, qui est une couche limoneuse, a donné des ossements humains brisés, des silex taillés, des fragments de cornes de renne et de cerf. Au-dessous de cette première couche, une autre aussi limoneuse, de couleur noire, renfermant du charbon et des cendres, en recouvre une troisième encore limoneuse, très-ossifère, jaune-grisâtre, très-compacte, où l'on a remarqué des débris de dalles, des silex taillés, des poinçons, beaucoup de cornes de rennes, des dents de cheval, etc. C'est dans cette dernière couche, près du mur, à 0^m,40 de profondeur, que M. Brun fait remonter à l'âge de la pierre, qu'ont été trouvés des restes humains dont nous allons parler. C'est : 1° le crâne d'un adulte avec son squelette, dans une position d'ensemble qui rappelle les sépultures de l'époque du renne ; c'est : 2° la mâchoire d'un enfant d'une douzaine d'années, puis le crâne du même sujet à une petite distance de la mâchoire. A côté de ces restes se trouvaient un ensemble de débris de mâchoires de renne, une dent de cheval, un petit poinçon, un fragment de corne travaillé. Plus tard on y a trouvé, derrière un bloc, le crâne d'un vieillard, où il ne manque que la mâchoire inférieure, à côté d'un morceau de poterie à pâte noirâtre et grossière.

M. Broca, qui fait à la Société anthropologique la communication de cette découverte, exprime faiblement le doute que le crâne pourrait n'être pas aussi ancien que le limon ossifère. Il fonde la réserve timide qu'il fait, au sujet de l'interprétation du fait, sur la très-mince probabilité de la chute par une fente. Ce crâne est incontestablement dolichocéphale, d'un bel ovale, et se distingue remarquablement par la pureté de ses contours et la douceur de ses lignes. Il fait concevoir l'idée d'une race paisible et relativement civilisée. Mais, d'après M. Lartet, qui a étudié et décrit les œuvres et les mœurs des hommes du renne, ceux-ci valaient mieux que les barbares qui plus tard ont conquis ce pays. Puis, si le crâne du vieillard n'est pas brachycéphale, comme les deux autres trouvés dans la même station, on doit en conclure que, à côté du type brachycéphale, qui paraît avoir dominé alors, il y avait des représentants du type dolichocéphale.

GROTTE INFÉRIEURE DE MASSAT (Ariége). — M. Alfred Fontan avait signalé, en 1858, à l'Académie des sciences, la grotte inférieure de Massat comme renfermant des objets fabriqués par l'homme, des flèches, des harpons, des aiguilles, des silex taillés, etc. En 1860, M. Lartet y découvrait un andouiller de cerf sur lequel était gravée une tête d'ours qui ressemble à la tête de l'ours actuel des Pyrénées. En 1864, M. H. Christi y constatait la présence des restes du renne. Plus tard, les fouilles de M. Garrigou confirment encore l'existence du renne dans cette caverne, concurremment avec l'existence de l'auroch, de cerfs de grande taille, etc. Sur deux fragments de bois de renne, exhumés par M. le docteur Garrigou, sont figurées, d'une part, deux têtes d'un même herbivore, et de l'autre, des lignes dont la complication semble indiquer une intention d'*écriture* ou de mnémotechnie. On y a trouvé encore des têtes de flèches à barbes récurrentes, creusées de rainures latérales, des aiguilles à chas, etc., en os ou en bois de cerfs. Un andouiller de cerf, percé d'un trou pour la suspension, offrait l'image d'une tête d'ours où des ombres sont indiquées par des hachures. Mais la pièce artistique la plus précieuse, c'est un galet quartzeux sur lequel est tracé, en lignes creuses, un dessin d'ours à front bombé, qu'on croit pouvoir rapporter à l'ours des cavernes. « Le dessin, dit M. Garrigou à la Société anthropologique de Paris, le dessin a bien été fait à une époque où le renne abondait dans les Pyrénées. D'où l'on peut conclure que l'*ursus spelœus* n'était pas encore à cette époque entièreement disparu de nos contréés, et ainsi qu'il ne s'est pas éteint brusquement à la fin de l'âge précédent. »

TROU DU FRONTAL A FURFOOZ, PRÈS DE DINANT (Belgique). — Nous avons eu déjà à parler de la découverte de cette demeure des morts à l'âge du renne et à formuler des conséquences des faits qu'elle a donnés. Cependant nous croyons devoir y revenir et entrer dans quelques détails sur cette observation importante. — Les restes bouleversés des treize cadavres y ont été trouvés à 130 mètres d'altitude et à 17 mètres au-dessus du niveau de la Lesse. — On ne doit pas conclure de là que le niveau général des eaux se soit jamais élevé à cette hauteur. Ici, comme dans beaucoup d'autres cas analogues, le changement des niveaux relatifs du sol et de l'eau ne saurait être attribué qu'à la mobilité du sol lui-même. Nous avons essayé ailleurs d'établir que l'opinion de la stabilité à un même niveau des surfaces des terrains est un préjugé contredit par les faits. — L'état des lieux et les objets découverts, soit au-devant, soit au-dedans de la grotte, ont montré le trou du frontal comme étant pour l'âge du renne ce qu'avait été la caverne d'Aurignac dans un âge antérieur. La grotte elle-même était un caveau funéraire où, à côté des cadavres, on déposait des chairs alimentaires, des armes, même des urnes et des espèces d'amulettes. Le sol du devant de la grotte montre par des traces de foyer, où bien des fois le feu avait été allumé, par les ossements de rennes et d'animaux comestibles en grand nombre épars autour des charbons et des cendres, que l'on s'y réunissait, peut-être sous des abris, en des repas funéraires, pour faire des adieux aux morts.
Parmi les ossements humains nombreux, disséminés au travers du désordre occasionné par l'envahissement des eaux, deux crânes étaient restés intacts. Voici, en substance, ce que disent de ces pièces MM. Van Beneden et Dupont dans un rapport à l'Académie royale de Belgique. De ces deux crânes, l'un est orthognathe et l'autre franchement prognathe ; le premier est brachycéphale, l'autre est plutôt mésocéphale que dolichocéphale :

vus d'en haut , ces crânes offrent respectivement l'aspect d'un
rectangle peu allongé, dont on aurait arrondi les angles. Confor-
mément à ce qui semble présumable, c'est dans le crâne du type
prognathe que le front est le plus élevé et la capacité cérébrale
la plus grande. Puis les deux conformations indiquent que le
visage devait être large et carré. On a vu aussi dans l'étude de ces
crânes jointe à l'observation de quelques autres ossements que
les hommes d'alors avaient une taille plutôt petite que moyenne.
— Cette observation ne semble-t-elle pas dire qu'il y a eu modification de la race humaine dans le passage des premiers âges
à celui-ci. Ou bien encore on pourrait admettre que c'est une
autre race qui est venue habiter nos régions après les boulever-
sements qui les avaient rendues inhabitables pendant un long
temps ? Bien plus, les deux formes crâniennes appartenant à des
types un peu différents, on est, semble-t-il, autorisé à conclure
que la peuplade dont les morts étaient déposés au trou du
frontal , renfermait des métis , produits du croisement de races
différentes. Il est regrettable que les restes des treize squelettes
n'aient pas pu être étudiés de manière à donner une idée probable du type auquel chacun de ces hommes appartenait : les
conséquences pourraient être mieux assises.

CAVERNE DE LOMBRIVE (Ariége). — Exploréo à diverses re-
prises par MM. Garrigou , Rames , Filhol, cette grotte a fourni
des documents importants. Dans une espèce de lehm diluvien,
ainsi que dans les stalagmites qui le recouvrent , il a été trouvé
de nombreux débris humains qui ont été bien étudiés. Ces restes
étaient mêlés à des ossements d'ours brun, d'auroch, de renne,
de cerf, de cheval , de deux espèces de bœufs , d'une espèce de
chien. Mélangés dans une vaste galerie, qui peut bien avoir été
un petit lac, tous ces os , humains et animaux , ont éprouvé les
mêmes altérations. Des canines de chien percées de trous vers
la racine , semblent avoir été destinées à être portées comme
ornements , amulettes ou trophées. Ajoutons que, comme restes
humains , parmi des ossements de nombreux individus , on a
rencontré deux crânes, l'un d'adulte, l'autre d'enfant, dont l'état

de conservation a permis d'établir les mêmes conséquences que nous avons déjà formulées pour l'homme du renne.

CAVERNES DES EYZIES (Périgord). — Explorée, après un ancien déblaiement, par MM. Lartet et Christi, cette grotte a donné encore aux deux savants des ossements humains, mais fragmentés, et, en produits d'industrie, des représentations d'animaux gravées sur des plaques de schistes, une tête de flèche en bois de renne avec des barbes récurrentes creusées, un sifflet fait d'une première phalange de pied de cerf, une vertèbre de jeune renne qui était percée d'une pointe de flèche. Nous savons déjà que dans d'autres stations aussi du Périgord, à Laugerie-Basse et à la Madeleine, les mêmes explorateurs ont fait des découvertes heureuses. A Laugerie-Basse en particulier ont été trouvés des spécimens de représentations artistiques dont nous avons parlé. Les principaux représentants de la faune dans ces grottes sont le renne, le cheval, le bœuf, le chamois, le grand *félis*, etc., des oiseaux, des poissons.

GROTTE DE POUZET, PRÈS DE TERRASSON (Dordogne). — Cette grotte a été explorée pour la première fois par M. Ph. Lalande, en compagnie de M. Massénat, et a été signalée à l'attention le 22 octobre 1866. Sous 10 à 15 centimètres d'épaisseur de terrains de transport, on a découvert à l'entrée un foyer formé de gros galets de quartz, de granit, de micaschiste, de grès triasique, et une abondante quantité de charbon. Tout autour du foyer gisaient de nombreux ossements brisés, des fragments amoncelés de bois de renne, avec des restes moins abondants de cheval et de bœuf. On y a trouvé aussi beaucoup de silex taillés en grattoirs, en pointes de flèches, en scies, en haches, etc. Parmi ces objets quelques-uns étaient à peine ébauchés, tandis que d'autres non finis se trouvaient à divers degrés de fabrication ; cela joint à la présence d'éclats en grand nombre et même de *nucleus*, fait conclure que c'était un lieu de production des instruments.

STATIONS DIVERSES EN FRANCE. — Nous allons grouper ici un certain nombre de stations françaises qui ont fourni des preuves de l'existence de l'homme à l'âge du renne. Nous supprimons les détails, qui ne seraient qu'une répétition d'autres faits déjà connus. — 1° Grotte d'Arcq, près d'Avallon (Yonne). L'infatigable M. Lartet y a trouvé, dans un lehm rouge, contemporain de celui de la grotte de Lombrive, des os de ruminants et surtout de rennes, avec des indices certains de la présence de l'homme. — 2° La caverne de Bise (Aude). M. Tournal y a signalé, depuis plus de trente ans, des silex ouvrés, des bois de renne travaillés et d'autres spécimens de l'industrie de l'homme. — 3° La caverne de Savigné (Vienne). M. Joly-Leterme, de Saumur, y a découvert des silex et des os travaillés, des débris de foyer, des ossements de renne, une flèche en bois du même animal avec ailerons, et un fragment de métatarse de cerf où se trouve gravé le dessin de deux animaux. — 4° La caverne de Bruniquel (Tarn-et-Garonne). Le propriétaire de cette caverne en a extrait et vendu des restes humains au nombre desquels figurent une mâchoire, des instruments nombreux, des ossements de renne, d'ours des Pyrénées, d'hyène, de bœuf, de cheval, etc. L'acquéreur de ces richesses paléontologiques, M. Owen, qui les a transportées au Musée britannique, a constaté que les os humains et les os animaux sont contemporains. — 5° La grotte de Monthieu et celle de la Petite-Grange (Charente). Visitées par M. A. T. de Rochebrune, en janvier 1867, ces grottes ont donné à l'explorateur des ossements humains, un fémur de renne offrant des attaques par un instrument en silex, une *marque de chasse* bien travaillée et faite d'une côte de carnassier, de très-belles scies en silex, des flèches barbelées, dont une en ivoire, des *amulettes* en bois de renne et en schiste, des perles de collier, etc. — 6° Venerque et Girou (Haute-Garonne). Le docteur Noulet signalait en 1865 la présence du renne dans les couches régulièrement déposées de la région sous-pyrénéenne de Venerque. On y a trouvé depuis de nouveaux restes du *cervus tarandus*, enfouis dans les assises d'un terrain quaternaire avec le mammouth, le bœuf commun,

le cheval, et à côté, des cailloux en quartzite modifiés par
l'homme. Le même observateur, M. Noulet, iudique en 1868, à
l'Association scientifique de France, un nouveau gisement du
renne et du cheval aux Quatre-Coins (bassin du Girou). On y a
découvert à un mètre de profondeur, et à 10ᵐ encore au-dessus
du niveau de la rivière, un nombre considérable d'ossements et
en particulier un crâne de grande dimension. Les os n'ont pu
être bien étudiés, parce qu'ils tombaient en poussière à mesure
qu'ils séchaient; mais tout dit que ce dépôt est contemporain de
celui de Venerque. — 7° Grotte du Trou-Léger et autres lieux.
M. Ch. Aubertin découvrait, en 1866, au Trou-Léger et sur la
montagne de Beaune, des poteries d'une terre noirâtre et cellu-
leuse, grossières et peu cuites, puis d'autres en terre jaunâtre
plus soignées et mieux cuites. Les unes et les autres étaient dis-
séminées au travers des cendres d'un foyer, où s'accusaient les
traces d'un feu assez violent. Il en a été exhumé aussi une flèche
barbelée d'un beau type. Joignons la découverte par le même
explorateur, dans la même année, d'une hachette en silex ver-
dâtre, *tranchante comme un rasoir* (sic); la découverte à Cerilly
(Yonne) d'un polissoir en grès, complétement enterré et offrant
onze entailles longues et étroites; la trouvaille de M. Léveillé, au
Grand-Pressigny, d'une massue en silex, le plus beau spécimen
du genre (0ᵐ,59 de long et respectivement 0ᵐ,25 et 0ᵐ,08 de
diamètre à chaque extrémité), etc.

STATIONS DIVERSES EN BELGIQUE. — 1° La caverne de Chaleux
(vallée de la Lesse, près de Dinant). M. Dupont et d'autres explorateurs y ont recueilli plus de 30,000 instruments, y compris des
éclats en silex, d'autres en os et en bois de renne, des coquilles
fossiles préparées pour être mises en colliers ou en bracelets,
un foyer en grès avec des cendres, un os de mammouth. Parmi
les animaux de la faune d'alors figurent le cheval, le sanglier, le
chamois, le renne, le bouquetin, l'ours brun, le renard, le blaireau, le lièvre, le rat d'eau, etc. On doit penser, d'après l'état
des restes, que, à Chaleux du moins, le cheval faisait le plus les
frais de l'alimentation de l'homme. — 2° Le Trou-de-Praule.

Dans les assises inférieures au lehm quaternaire, M. Dupont a trouvé un humerus et une canine d'*ursus spelaeus* ; mais dans le lehm des assises moyennes ou du *cervus tarandus* se trouvaient, avec des restes de cet animal, des silex taillés en couteaux et des ossements des animaux que nous venons de citer. — 3° Le Trou-des-Allemands. Le même M. Dupont y a extrait d'un lehm moyen quelques silex en couteaux, une petite hache en grès assez grossièrement polie et travaillée.

Preuves de l'antiquité de la race humaine exhumées des terrains d'un grand nombre de contrées.

Toutes nos citations se rapportent presque exclusivement à la France et à la Belgique. Cependant il a été exhumé du sol en beaucoup d'autres lieux des preuves de la très-haute antiquité de notre race. Nous nous proposons de citer ici ou plutôt de résumer quelques-uns des faits nombreux qui font ces preuves.

Dans l'automne de 1866, MM. Desor, Escher de la Linth et Schœnbein ont été appelés à constater la découverte suivante dans le bassin du lac de Constance. Un meunier, élargissant le canal de son moulin, avait rencontré des silex taillés, ainsi que de nombreux restes animaux. Ossements et silex reposaient sur le terrain glaciaire, recouvert d'un lit de 2 à 3^m de tuf déposé par les eaux et surmonté lui-même d'une couche de tourbe de 1^m,30, au-dessus de laquelle était la terre végétale. Il a été reconnu que les ossements, au nombre desquels étaient de nombreux débris de bois de renne, avaient appartenu à l'*ursus spelaeus*, au glouton groënlandais, au renard bleu, au bœuf musqué, c'est-à-dire à des animaux des régions glaciales. Ainsi, conclut-on, le sauvage qui a taillé les silex, lorsque vivaient ces animaux, doit avoir appartenu à une époque assurément très-rapprochée, sinon contemporaine, de l'époque glaciaire, et cet homme était certainement antédiluvien. — Dans les carrières de Veyrier, au pied du mont Salève, frontière sud du canton de

Genève., on. a découvert, à 3ᵐ au-dessous du sol actuel, des
grattoirs, des couteaux., des scies. en silex. Les. dimensions de
certains de ces objets étaient comprises entre 3 et 4 centimètres,
tandis. que les autres avaient de 8 à 10 centimètres. Dans la
couche noirâtre qui les contenait, composée d'os brisés, de
charbons en poussière, de cendres, MM. Pictet de la Rive et
Lunel ont constaté la présence du cheval, de bœufs de grande
et de petite taille, du mouton, du renne. L'ours et l'hyène des
cavernes faisant défaut, M. Thioly conclut que ces animaux
avaient émigré et que la station appartient à la fin de l'âge du
renne.

Si de la Suisse nous passons à l'Italie, nous trouvons qu'ici
encore des. découvertes nombreuses établissent l'antiquité de
l'apparition de l'homme dans cette péninsule. Mais limitons
à deux nos citations. — Dans l'Italie centrale, près de Cantalupo,
sur les rives de l'Anienne, aux environs de Rome, M. Luigi
Pigorini a découvert, en 1836, une grotte sépulcrale dont il
donne la description dans une correspondance. C'est une crypte
creusée dans un travertin tendre, où trois squelettes ont été
trouvés avec une vingtaine de pointes en silex; l'état de fabrication des silex dirait, lors même qu'on n'aurait pas les indica-
tions fournies par le dépôt, que la découverte se rapporte aux
premiers âges quaternaires. — Le second fait se rapporte à
l'âge de l'ours, et il a été fourni dans l'exploration de la grotte
de Telamone, parmi les maremmes de la Toscane, par M. L.
Zucchi, de Pise. Entre 1ᵐ,50 et 4ᵐ au-dessous de la surface du
sol, il a été trouvé des tessons de poteries, des bijoux, des objets
d'ornement, etc., qui dénotent l'âge étrusque ou phénicien. On
a trouvé successivement, entre ces mêmes limites de profondeur, des crânes osseux de quatorze espèces animales, dont les
plus profonds appartiennent déjà à la paléontologie. Au-dessous
de cette profondeur de 4ᵐ et jusqu'à 5ᵐ, ce ne sont que des es-
quilles d'os. Entre 5 et 6ᵐ ont été trouvés des outils en pierre
que signalent à l'attention leur petitesse et leur caractère tout
primitif. Ce sont des grattoirs, des couteaux, de petites pointes
de lances, des pointes de flèches, etc., en silex, en diaspre, en

grès du pays même. Toutes ces pièces sont simplement taillées et portent quelques marques de retouche, mais aucune n'offre les indices d'un polissage. Puis à la simplicité de ces types se joint, pour caractériser l'âge, la présence du castor et de l'hyène, même au-dessus des échantillons de l'industrie humaine. — Nous pourrions citer encore avec M. Le Hon, la grotte du Chiampo et celle de Laglio, dans le Vicentin et sur le lac de Côme, où l'on a trouvé des silex taillés, des débris de poterie grossière, mêlés aux ossements de l'ours des cavernes ; et en Sicile, la grotte de Macagnone, où des échantillons de l'industrie humaine sont associés aux restes d'animaux éteints et particulièrement de l'*elephas antiquus*, puis encore beaucoup d'autres stations.

Pour la péninsule Ibérique, lisons M. Lartet. Après avoir exploré un grand nombre de cavernes en France, M. Lartet a transporté ses recherches dans celles des Sierras d'Espagne. Après avoir exhumé de vingt de celles-ci beaucoup de reliques paléontologiques, il est parvenu à établir pour ces régions trois époques. 1° L'âge du rhinocéros et du *bos primigenius*, pendant lequel il est douteux, suivant lui, que l'homme les ait habitées. Mais cette opinion de M. Lartet, dit M. Pruner-Bey, n'a aux yeux de son auteur qu'une *valeur locale ;* car M. Lartet sait que la contemporanéité de l'homme et des pachydermes qui viennent d'être cités, est mise hors de doute par les découvertes de M. Casiano de Prado dans le diluvium de Madrid. 2° L'âge du *bos primigenius,* qui, en Espagne, ne se trouve ni avec le renne, ni avec les autres mammifères auxquels il est associé en France. L'homme alors habitait évidemment ces cavernes ; il n'était ni pasteur ni potier, et n'avait encore domestiqué aucun animal. Il utilisait les os, après les avoir grattés avec des silex informes, et ce n'est que plus tard qu'il a employé des grattoirs d'un type analogue à ceux de France. 3° L'âge des espèces domestiquées, où l'homme devenu pasteur s'associe le chien pour la garde de ses troupeaux. M. Lartet a trouvé de cette dernière époque un crâne humain et la mâchoire d'un jeune enfant. D'après le savant explorateur, les outils en pierre et en os qui

accompagnaient les restes humains, sont caractéristiques de
l'âge de la pierre polie, âge que nous savons être postdiluvien.
　　Des découvertes qui établissent la haute antiquité de l'homme
ont été faites aussi dans les autres régions du continent européen : en beaucoup de lieux des pays allemands, dans le Dane-
mark, dans la presqu'île Scandinave, en Russie, etc. Partout
dans ces contrées les faits établissent la même conséquence.
Dans les îles Britanniques, des recherches ardentes ont aussi été
entreprises et toujours avec le même succès et les mêmes résultats. — Dès 1801, John Frère racontait à la Société anglaise
d'archéologie qu'il avait trouvé à Hoxne, en Suffolk, un très-
grand nombre de silex travaillés et associés aux ossements et à
des dents d'animaux qu'on a reconnus ensuite pour être le
mammouth, le grand cerf, le cheval. Plus tard, récemment,
Prestwich, visitant ce gisement, y a trouvé des haches, et a
établi que le terrain doit être contemporain du diluvium gris. —
En divers autres points, comme près de Londres et de Bedfort,
dans la caverne de Longhole, dans celles de Wells et du Somer-
setshire, on a rencontré des preuves non douteuses de l'industrie primitive, associées aux restes du mammouth, de l'ours des
cavernes, du rhinocéros à narines cloisonnées, du bœuf musqué,
du renne, etc. On a même, comme en France et en Belgique,
découvert des ateliers de fabrication d'instruments en silex, qui
remontent aux premiers âges anthropologiques. — On trouve
dans les annales de la Société anthropologique de Londres et
dans les œuvres de M. Lyell, une foule de renseignements sur
la matière. Nous nous en tiendrons à cet exposé rapide.
　　L'Asie et l'Afrique n'ont pas encore été beaucoup explorées
dans le but qui nous occupe, ou du moins nous ignorons que
des découvertes importantes y signalent des faits relatifs à l'anthropologie antédiluvienne. Dans une autre partie du monde,
au Brésil, Lund a exploré avec soin et persistance des cavernes
à ossements. Il a trouvé parfois des crânes humains au milieu
d'espèces animales éteintes. On dit bien que ces crânes étaient
à front très-fuyant et caractérisés par un prognathisme accentué;
mais il nous manque la comparaison faite avec soin de ces

organismes avec ceux des races humaines qui peuplent actuellement l'Amérique du Sud. Quant aux espèces animales fossiles,
elles ont avec celles d'aujourd'hui dans les mêmes parages les
mêmes *rapports* que l'ours, l'hyène des cavernes avec les ours
et les hyènes de notre époque, dans nos régions. Ainsi la physionomie spéciale de la faune s'est maintenue dans l'Amérique
du Sud : de même qu'il y a aujourd'hui des didelphes, des four-
miliers, des tatous, des lamas, etc., de même on trouve parmi
les espèces fossiles éteintes des lamas, des tatous, des fourmi-
liers, des didelphes, etc. Les mêmes conclusions et la même
observation se rapportent aux découvertes faites au pays des
Natchez, dans l'Amérique septentrionale. Dans des terrains qui
présentent les mêmes caractères, y compris les coquilles fluviatiles, que le lœss ou le lehm de notre continent, on a trouvé des
restes de mammouth avec un bassin humain, et les débris d'une
faune qui offre les caractères spéciaux de la faune actuelle de
cette contrée. Il est à noter que les os animaux et l'os humain
étaient tous complétement noirs, et étaient arrivés tous au même
degré d'altération physique et chimique. Enfin, dans la Nouvelle-
Hollande et la Nouvelle-Zélande, on a fait des découvertes qui y
font remonter l'apparition de l'homme à une époque qui paraît
contemporaine de celles du mammouth et de l'ours des cavernes
dans nos régions. On n'y a pas rencontré cependant les restes
de l'homme ou les traces de son industrie, associés aux débris de
ces animaux ; on les y a trouvés, comme dans les Amériques,
accompagnés de débris d'une faune qui participe de la physionomie
spéciale à cette partie du monde en même temps qu'elle a, avec
la faune actuelle, les mêmes rapports que notre faune antédiluvienne avec celle que nous voyons aujourd'hui autour de nous.

CONCLUSIONS.

Dans les essais tentés pour faire l'histoire de l'homme antédiluvien, dans l'appréciation de son développement intellectuel
aux âges anciens, on émet des affirmations qui se déduisent
principalement de la conformation et des dimensions des pièces
trouvées de son squelette, puis encore des spécimens recueillis
de son industrie.

Les caractères ostéologiques des sujets dont on a trouvé les
restes, semblent montrer que les races qui habitaient primitivement nos régions, n'étaient pas douées bien avantageusement au
point de vue de l'intelligence. La conformation crânienne, l'ensemble de la physionomie des hommes primordiaux de nos pays
les montrent tellement différents de ceux qui peuplent aujour-
d'hui les mêmes contrées, qu'on est porté à ranger les premiers
sous un type plus ou moins bestial. Aussi quelques savants ont-
ils voulu voir dans la race humaine la transformation par voie
de perfectionnement d'une race primitivement simienne. Mais,
indépendamment de ce que les crânes connus des hommes des
premiers âges sont trop peu nombreux pour qu'on puisse asseoir
solidement des conséquences, les caractères de ces crânes
mêmes distinguent nettement les types humains primordiaux des
types simiens décorés du nom d'anthropomorphes. Ces anciens
types humains ont d'ailleurs encore aujourd'hui des représentants dans les peuplades dont l'ensemble constitue l'humanité
actuelle. Il faut, pour arriver à compter des quadrúmanes parmi
nos ascendants, recourir à des frais d'imagination et d'invention
qui sont en dehors des méthodes permises dans l'étude des
sciences d'observation. Donc, qu'on recueille des faits, qu'on en
accumule le plus grand nombre possible, qu'on étudie chaque
découverte soigneusement dans les plus minutieux détails, que
l'on compare les types anciens entre eux et aux types d'aujour-
d'hui ; voilà ce qu'on doit se proposer en anthropologie ancienne.

C'est seulement en s'appuyant sur l'étude de faits nombreux que cette science pourra se constituer.

Les échantillons d'objets successivement travaillés montrent très-bien la marche progressive de l'industrie humaine. Les premiers instruments fabriqués, tous en silex, ont été grossièrement extraits de blocs plus volumineux, à l'aide de percussions répétées ; puis ils ont été grossièrement ébauchés et taillés à facettes par des chocs qui enlevaient des éclats Mais dans ces débuts de fabrication on ne voit pas de tentative de finissage, pas de trace d'une velléité de polissage ; puis ajoutons que les échantillons sont de formes très-peu variées et étaient appropriés par conséquent à un très-petit nombre d'usages. Plus tard, en même temps qu'une plus grande variété dans les formes et par suite dans les destinations, on remarque des velléités de finissage et des soupçons de polissage ; puis aussi à la pierre, comme matière première, l'homme a joint les os et les cornes des animaux. On rencontre, encore plus tard, des essais de poteries et de représentations artistiques ; or ces essais, joints à un plus grand soin dans le travail des autres objets, prouvent bien que l'intelligence humaine avait fait des pas nouveaux incontestés et d'ailleurs incontestables. Aussi la marche progressive de l'esprit d'industrie est tellement marquée dans les spécimens des objets fabriqués aux divers âges, qu'on a pu classer rigoureusement, d'après les états relatifs de ces objets, les âges de l'homme antéhistorique.

On peut douter que l'alimentation se soit composée d'abord d'autre chose que de viande. L'introduction des fruits et des racines dans l'alimentation a pu être soupçonnée quelquefois dans les débris des repas les plus anciens ; mais cette introduction paraît ne s'être faite que lentement, peu à peu. Puis encore on a trouvé que c'est beaucoup plus tard que l'homme s'est nourri de poisson. Ainsi l'homme primordial était chasseur, à la façon des carnassiers des bois, auxquels il faisait concurrence pour le même gibier ; comme les bêtes carnivores, il usait contre ce gibier de ruse, de vitesse, de force ; seulement l'*homme chasseur* avait de plus que les *chasseurs non humains* ces ébauches d'armes en silex avec lesquelles il frappait les animaux dont il convoitait de faire sa proie. La faim et le hasard aidant, nos premiers ancêtres sont venus à découvrir que certaines substances végétales, racines, feuilles et fruits, pouvaient, sinon remplacer avantageusement la viande, au moins parer suffisamment à une disette de nourriture animale, et de là cette alimentation mixte des âges qui ont suivi. Mais il a fallu un assez long temps pour arriver à faire usage comme nourriture de la chair des poissons : force a été en effet d'inventer d'abord des artifices, hameçons ou filets, qui permissent de s'emparer de ce genre de proie. — Peut-être encore, ainsi qu'il a été dit, certaines peuplades mangeaient-elles, à la suite de leurs guerres, les prisonniers et les morts qu'elles avaient faits. Nous savons d'ailleurs que la coutume barbare de l'anthropophagie ne s'est pas éteinte avec les races humaines antéhistoriques.

Quand l'homme a-t-il commencé à se vêtir ? De quels genres de vêtements s'est-il successivement couvert le corps ? Ici, l'imagination peut se donner libre carrière : sur ce sujet, tout n'est que conjecture et hypothèse. Les seuls indices que l'on ait, consistent en des aiguilles trouvées, qu'on suppose *naturellement* avoir servi à coudre des peaux avec des fibres tendineuses en guise de fil. Encore ces peaux ne pouvaient-elles pas être employées comme couvertures de tentes ? Car, si la plupart des stations humaines qu'on a découvertes, autorisent à penser que l'homme a été d'abord presque exclusivement troglodyte ou habitant des cavernes, il est de ces stations, très-anciennes, qui permettent de supposer qu'il n'a pas tardé à établir, peut-être temporairement, à ciel ouvert et en plein air, ses demeures qu'il abritait probablement sous des tentes ou sous des voûtes de branches et de feuillages.

L'homme primordial n'était que chasseur ; plus tard, au dernier âge, il s'est fait pêcheur ; mais ce n'est qu'à l'âge du renne qu'il s'est fait quelque peu potier, puis cultivateur et pasteur. Arrivé à cette troisième phase, il a domestiqué, pour s'en faire des aides, quelques animaux, au nombre desquels le chien et le renne figurent comme lui ayant les premiers rendu des services.